世事依旧

方磊 — 著

百花洲文艺出版社
BAIHUAZHOU LITERATURE AND ART PRESS

图书在版编目（CIP）数据

世事依旧／方磊著. —南昌：百花洲文艺出版社，2022.12
ISBN 978-7-5500-4893-5

Ⅰ.①世… Ⅱ.①方… Ⅲ.①诗集—中国—当代 Ⅳ.①I227

中国国家版本馆 CIP 数据核字（2023）第 003369 号

世事依旧
SHISHI YIJIU

方　磊　著

出 版 人	陈　波	
策划编辑	陈启辉	
责任编辑	游灵通　骈　田	
书籍设计	孙　初　申　祺	
制　　作	小众书坊	
出版发行	百花洲文艺出版社	
地　　址	南昌市红谷滩区世贸路 898 号博能中心一期 A 座 20 楼	
邮　　编	330038	
经　　销	全国新华书店	
印　　刷	北京精彩世纪印刷科技有限公司	
开　　本	787mm×1092mm　1/32　印张 8	
版　　次	2023 年 3 月第 1 版	
印　　次	2023 年 3 月第 1 次印刷	
字　　数	90 千字	
书　　号	ISBN 978-7-5500-4893-5	
定　　价	68.00 元	

赣版权登字 05-2023-54

邮购联系　0791-86895108
网　　址　http://www.bhzwy.com
图书若有印装错误，影响阅读，可向承印厂联系调换。

方磊 中国作家协会会员，中国金融作家协会理事。北京"无规则"摇滚乐队前贝斯手。作品散见于《十月》《花城》《山西文学》《安徽文学》《散文选刊》《散文海外版》等文学期刊。出版短篇小说集《锈弃的铁轨》《走失的水流》、散文集《光影》、传记文学《繁星之下》《逐》《初心无尘》等。诗歌《冬夜里的雨滴》被谱曲为同名音乐作品登陆网易云音乐、QQ音乐等主流音乐平台，《黑鸟的陈述》《日历》《水下的白鹤梁》等被乐队、音乐出版机构改编为音乐作品。

序

你有没有看过一种抵达

洪放

诗歌总是依赖语言，又突破语言。真正的诗歌，在语言之外。诗歌与语言的距离，往往就是一个诗人心灵与外在世界的距离，也即他的诗歌所要表达的认知与他所呈现的意象的距离。从这点上说，方磊的诗歌，几乎都在回答一个问题，那就是：你有没有看过一种抵达？

你有没有看过一种抵达
就像踏着那些疼才能消解望不见边的荒芜
仿佛那些沙粒被磨碎才能实现抵达

沙粒是什么？磨碎是什么？此诗是方磊诗集中重要的一首，他只是将他幽微的内心，稍稍打开了一些。当然，这是指他的幽微的诗歌创作内心。他打开，阳光、风雨和那些被磨碎的沙粒一并涌出。一个诗人创作的过程，往往就是对过往岁月的回望、审视、否定与再造。那么，方磊这样一个投身于足球、摇滚乐，除了诗歌还可以娴熟驾驭小说、散文、纪实文学等多种文体的年轻作家，他意图通过诗歌，来回望、审视、否定与再造自己，或者说再次梭巡于被时光淘洗的经验以及破碎沙粒中的那些疼痛与理性。这样看的话，我时常思索我们的诗歌对这个世界的悖逆。我们必须满怀斗志地生存在这个世界，而在这个世界中，彼此并不在意，作为个体的生命，必须独自承担一切。这一切，或许就是激荡、澎湃、惶然、怅惘、萧瑟、安然、沉静……

　　方磊深知这一点。他在后记中对此多有阐述。而当我读完他的诗集《世事依旧》时，我选择了停顿，即相当长一段时间的沉默。我无法很快且顺畅地抵达他的诗歌。借助语言，这种与诗歌本身距离越来越远的载体，我只是获得了一次阅读。而停下来，沉默下来，我破除了语言的笼罩。我想象一个诗人，一段生活，一程时光，产生了一次次幽微而独特的悸动。在分为"日历""世事依旧""用一颗石子在一座城市里写字""在虚度的时光里爱过你"四辑的诗集中，诗人更多的是对往昔时光和生命的反诘。这种反诘，来源于他对个体生命与世事苍茫的思考。在第一辑"日历"中，他在苍茫的时空中，追寻对于个体流逝的悲悯与存在的空阔。他选取了繁复的意象，而造境却相对单纯。这让人看到了一个诗人的厚重与天真。同时，这一辑的众多诗歌，强调了陌生化抒写，他所呈现的意象，往往是远离日常生活的。这种距离，一如诗歌本身与语言的距离，强调了诗歌存在的要义。

在《八月的上海》中，诗人写到露滴、扑克、酒、发卡、蜡烛、墙等一系列意象，仅仅十六行的诗，立体而深刻地呈现了八月上海的迷乱与支离。而在《沉默》中，石狮与保安沉默，而经过的我，虽然有期待，但那只是自己的。尘归尘，土归土，诗人归诗人，保安与石狮归保安与石狮。这种有意识的切断与隔离，使诗歌的空间得到了拓展。而作为读者，也会由此寻找适合自己的进入之路。诗人并不需要对读者的进入负责。而指明进入之路的诗歌，其实已经丧失了诗歌的神性与高蹈。

诗集中有一首短诗《无尽之望》：

在那些小花消失之前
我想再走一次这被山洼隐藏
的小路
风声只是风声
其中什么都没有
徐徐展开的冬天纹路

静静坐在崖边

天越来越晦

我渐渐空旷

在夕阳化去之前

望见物是人非

望见无尽之望

　　这十二行诗句，空阔、澄明，却有种对世事的深刻体察与会意。诗歌所要传达的那种瞬间的悲悯和苍凉，如同水一般漫过。世事依旧，而从时间与空间上说，世事根本不可能依旧。逝者如斯夫，只是诗人的内心与诗歌依旧。在"用一颗石子在一座城市里写字"这一辑中，《二姨的沉默》是一首让人愿意一读再读的诗歌。二姨的沉默，"像一个无底的深渊"，"把人们和世界一起埋葬"。二姨用沉默，解构了她自己的世界。而方磊，在解构二姨的沉默时，他一定是疼痛的。他听到了二姨内心的碎裂声，听到了这个世界那永远无法停歇的哭号。陡峭，冷峻，将巨大的波澜切割开来，那种痛楚，深切而难以消弭。方磊诗歌创作的叙事化倾向，应该源于他的小说创作。但这是诗化了的叙事。如在《巴黎圣母院》一诗中，他将寻找称为"远行的火把和利剑"的"某种遥远光亮"。纯粹描写的场景，与诗人内在的情感呼应。于是，诗歌离开了单纯的所要描写的物象，成为诗人内心的镜像。

诗人的每一次创作，都是与世界的战争，同时，又是一次和解。方磊热爱运动，风格前卫。但他的诗歌，却是运动与前卫之后的沉缓。他看尽了这人世间的悲欢，看透了这人世间的真伪，也看明白了这人世间的来往。而他并没有放弃或者诅咒这人世间。他充满爱意，虽然时光虚度，但他仍然爱着。一个爱着的人，他的诗歌却永远在追问：你有没有看过一种抵达？

那么，这抵达的终点在哪？

抵达的路径又在哪？

我无法回答。也许诗人自己也无法回答。这恰恰就是诗歌的美与理性所在。

2021 年 5 月于合肥

（作者系安徽省作家协会副主席）

喧哗与沉默

——读方磊诗集《世事依旧》

李壮

几年前，我参加过方磊短篇小说集的新书发布会。地点是小众书坊，位于北京一条古老的胡同深处，平房，院里有古树，青瓦铺就的房顶上常有北京大爷赤裸上身、摸着滚圆的肚皮坐着，老大爷背靠夕阳端坐如山，像是一尊佛。我记得那天"佛大爷"没有出现，大概是由于院子里实在太吵：方磊拉来了自己曾组建的摇滚乐队为新书发布会助兴，吉他和贝斯的轰鸣挤满了院落，再容不下一副嚣张的肚皮了。我在书店的内室喝红酒、吃甜点（方磊像筹办国际文学论坛一样备好了茶歇所需的一切饮食），隔着巨大的落地玻璃，我看到方磊他们的嘴巴一张一合——穿过玻璃的石英之心时，音乐声和吼叫声发生了折射，它们散开了、挂住了、漾出了波纹，就像红酒的挂杯一样，就像语义在穿过文字时所发生的事情一样。那声音像是在又像是不在。喧哗与沉默交融了。

今天我又忆起了当初的场景，因为方磊的新诗集《世事依旧》里一再地出现了这种喧哗与沉默的交融。方磊的后记里有一段故事引起了我的注意，他说自己2019年冬季曾在泰国清迈住过一段时间，公寓靠近机场，每天总有飞机从头顶呼啸而过，"声响暴烈就如同有千钧炮弹向我迅疾俯冲而来"。这当然是令人抓狂的，更何况按照方磊的说法，平时他待在公寓里基本上在写作。然而奇妙的事情发生了，我们的诗人逐渐适应了这种巨响，甚至不知不觉爱上了"这雷霆之音过后，悠然浮起的大地上的空茫与清宁"，"比起撕扯过天地的暴烈声响，之后那样漠然的寂寥令我感受到了一种更盛大的能量"。

我能够理解这种感受。如果允许我动用几个具有东方古典玄学色彩的概念，我要说，那是一种绝对的"空"，它的显现根源于最强烈的、近乎令人难以忍受的"色"，这"色"与这"空"都要折磨我们，也同样都要给予我们启迪。噪声过后，大地浮起，遥远的喜马拉雅造山运动在一个人的精神世界中重新完成了一遍。这是微小却重大的神迹，是一个人直面自我的天启时刻。落到形式上，它就是喧哗与沉默的二律背反，"当我沉默着的时候，我觉得充实；我将开口，同时感到空虚"（鲁迅《野草》）。写作的人对此大都深有体会。

古典的"色"与"空"是玄学，鲁迅的"沉默"与"开口"是隐喻，而在方磊这里，事情似乎更加直接：喧哗与沉默本身便是《世事依旧》中的诗作面对的最重要的主题之一。"沉默"本身是一首诗的标题，在这首诗里，保安与石狮紧挨着站立，诗人捕捉到了这一画面，并且以多种多样的元素不断丰富这一画面的层次。他加入了凝视，"他们……望着眼前的夜和夜里的人"；加入了骚动，"保安点燃一支烟／让沉默闪动了一下"；加入了作为他者或对象的亦实亦虚的"我"，"我听到了那绵绵的沉默"。值得注意的是刚刚这一句。沉默原本意味着听的失效乃至瓦解，因为沉默最直观的含义便是无可听。然而方磊要听的恰恰就是这"无可听"，他的"有"永远依存于"无"。相似的逻辑出现在《丑角的面具》之中，这首诗开篇便是喧闹乃至纷扰，"丑角在哄笑中钻来钻去／我被哄笑挤在中间／腾空，跌倒，摇摆，／他身形起伏曲折"。然而这首诗的落脚点却是相反的画面，"我安静地看丑角表演／除了安静／我无以奉献"。沉默着的是"我"，原本意味着"无"的沉默在此变成了"有"。并且，似乎是唯一可靠确凿的"有"，除此之外"无以奉献"。虚与实发生了倒转，随之倒转的还有看者与被看者、"你"和"我"，《沉默》里观看沉默的主体在此变成了沉默的持有者乃至化身。

进而言之，"你"和"我"、沉默者与言说者，其身份的界限原本就是暧昧的，我们完全可以将它们理解为同一主体的不同维度、不同声音，就像卡瓦菲斯在《城市》一诗中所做的那样。这是诗的特权，也是诗的魅力。

"你"和"我"的混淆、喧哗与沉默的混淆，在另一首诗里获得了更加直接且意象化的表达。我个人很喜欢《欲言又止的邮筒》一诗。倒不是因为这首诗令我触电般条件反射地想起废名先生那句著名的"乃有邮筒寂寞"——我猜方磊写这首诗的时候并不见得想到了废名，或者他有没有想起前人的什么句子原本都是无所谓的——我喜欢是因为它巧妙地把邮筒打造成了一个象征装置，一个说与听的矛盾结合体。邮筒的嘴和耳是合一的，它浑身只有这一样器官，"一座孤立的邮筒／张着欲言又止的嘴巴／被时间的灰涂满／它还在等待诉说／它还在等待被投入"。一张嘴被迫变成了耳朵，强烈的言说欲最终只能等待被他人的诉说填满，更诡异的是它的说与被说可能本身正变得怪异落伍如同遗迹（这是进入这首诗的重要的"前理解"，"时间的灰"是对此的暗示：今天还有多少人会通过写信来交流呢？）……它惊惶，孤绝，不合时宜，它的自我体认不出所料地与意象末班车联系在一起。这似乎是关于当下个体生存处境和我们精神生活状况的奇妙隐喻。某种意义上，它也可以被看作关于诗歌的隐喻。它充满了戏剧性，也充满了刻满词语的沉默。这的确是"乃有邮筒寂寞"。

在喧哗与沉默的倒错交织之中，方磊传递出来的是有关时代生活的幽微体验。这是方磊诗歌的棱角，其呈现出来的心理能量结构、话语表达方式，也是具有较为鲜明的时代印记的。与此相关的是方磊诗歌的风格：他的句子、意象和情绪都是跳跃的，华丽而充满了断裂的动能，那些句子就像句子背后的灵魂一样不安。隐秘的缝隙中填满了形式的完整，借用罗兰·巴特的表述，方磊如同许多当代诗人一样，在对词语的操作中创设了一种充满空隙和隐语、充满缺空和吞并成性的符号、不见任何预想和固定意图的话语。

有趣的是，在另外一些时候，预想和意图在方磊的诗歌中也可以是稳定的、清晰可控的。同样关乎沉默，《剧场的沉默》就充满了安宁稳定的挽歌气息："曲终人散 / 剧场沉默 / 如一潭千年未动的深水 //……/ 盛满虚幻的躯体 / 古老时光生长在 / 星空的皱纹里 // 道具，灯光，音响，假面 / 终于可以安然站在剧场中 / 它们沉默着此刻剧场的沉默 / 刚刚那些戏剧里的意外 / 终于不再呼喊 //……/ 剧场的沉默里 / 无人可入"。戏剧落幕后的剧场，甚至荒废已久的剧场，充盈着声音的记忆。这是迷人的一刻，孤独与安宁融合如"永恒"的培养基。那种不安的骚动撕裂隐退了，随之凸显的是更加多元的诗歌创作可能。同样值得注意的是《二姨的沉默》。我同样颇喜欢这一首诗，沉默在此变成了对生活、对人情的洞悉。这洞悉不同于寻常的聪明或者智慧，它伴随着偏执性精神病的压强乃至抽搐，关联着尘世生活言之不尽的逼仄和烦琐。它内蕴了世间巨大的、创伤性的喧哗，这喧哗已非隐喻，而是真切地萦绕在我们每日的现实生活之中。这样的诗作拓宽了这本诗集的内在空间。

喧哗与沉默，只是我切入方磊诗歌的一个角度。任何一种角度都很难穷尽一个诗人的内在丰富性，但我愿意相信，经由特定的、合适的关键词，我们能够让阐释向文本推进一段不可详知的距离。更重要的或许是，喧哗与沉默，原本也是诗歌创作的母题式关键词。在说与不说之间、在表达的限度与可能之间，诗人们挥舞词语犹如挥舞刀剑。这是一场古老且无终的搏杀。方磊选择加入其中，这本身是一件勇敢并值得纪念的事。

（作者为青年评论家，供职于中国作家协会创作研究部）

目录

第一辑　　日　历

第二辑　　世事依旧

第三辑　　用一颗石子在一座城市里写字

第四辑　　在虚度的时光里爱过你

后记

第一辑

日　历

八月的上海

燃烧的夜像错乱的梦
伤口流落的呼喊
窗户里望见的摇曳
吹拂最后一次抒情

逃跑的光，撒谎的露滴
被保佑的哭泣
凝聚在空的颜色里
锁进衰老的窗

落单的扑克陷入奇异的酒
长椅上睡去的发卡风已托不起来
破碎的蜡烛割伤惨白的墙
那是谁对你的邀请?

风再一次吹起躲藏的悲哀
树荫下光影里落下的花
流淌在八月迷蒙惘然的上海
沉入慢慢熄灭的雨中。

巴黎圣母院

阴沉的淫雨

萧瑟的春天

风起云涌让巴黎圣母院更晦暝

这应和着一个落寞魂魄里的喑哑

钟声从中世纪摇曳流布

教堂升入空中

来路空荡渺茫

内心黑暗加深的瞬息

巴黎云影骤放光芒

他没有被自己的哀伤压倒

他满眼的泪水让他得到几世的拯救

巴黎圣母院的脚下

这个喝不惯法式咖啡的人

总能领会到他身后跟随他的某种遥远光亮

那是他远行的火把和利剑

宏阔的圣地

负载着万众忏悔的灵魂
他坐在教堂里
如此平静
唱诗班的歌声使他消融
他眼中：人流如织
他眼中：大地空旷

迎风走向蒙马特高地
在这瘦冷的时尚之都里
他听到了什么
那是风中裹挟的声音
它已超越神性和死亡
在风云翻动的刹那
他伫立不动
他用聆听把影子留在这里
像最灼心的火焰
在风中迎望着
天穹刺向大地的目光

白描

黑簇簇树影暗了

秋天越来越瘦

越来越老迈

月霜满天

叶落下

有人探问

故人去向

这个秋天该多想有人

抱抱它，轻抚它

清晨

走出小区

一个孩子拉着年轻的母亲

自顾自地唱着儿歌

放过了一整个秋季的零落、荒凉。

我望见广场上停留着一只不知名的鸟，

安静如在画里，

它血红的嘴，尖尖的，

像衔着一个人凌厉的悲伤。

眼前

一条路接走一条路

世间

一幕夕照沉落

托起一轮日出

破裂腾飞天际

暴雨

暴雨骤然从空中陡峭而来，
就要把大地压入地壳。
冰冷的水流席卷着最后的岩石
凌厉锋利如诅咒。
倾覆密布的雨水让世界收缩成
一片腥膻的蜘蛛网。

你的哭声从远处传来
破裂、支离、摇曳。
你飞跑在暴雨中
步音枯涩、脆弱、冷漠。
你的奔冲脚步
在暴雨中一点一点淹没你。

高傲的飞鸟在和轻渺的野草
一起慢慢远去。
风干的种子流出漆黑的寂静
枯枝的跌落声在雨中的世界回响不绝。
暴雨止息，大地干净

岩石轰然倾倒。

太远的归途是你跑不出的荒芜
辽远的黑夜就是母亲的怀抱。
你感到漫溢在全身的疲惫倦怠
你用尽最后的气力呼喊起来。
在巨大的空茫清澈之中
你闻到了泥土的湿润气息。

奔跑的五岁

你还骑在风的脊背上
世道之枪的扳机还没被扣下
枫叶摇落的凉秋
厚重沉沉的树冠
锁住谁一整个光阴的呼喊
只有你的笑声里没有秘密

你渴望追逐中的趣味
尽管你远未深悟
你的身体
可是仓促的灰尘
早已跟紧了你
你那么小
你还不知道
你步音里藏着你逃不出的慢
在清瘦的余晖坠下之前
你奔向那遥远的天色

又一个干涩的黄昏里，

无风

我望见迎面轻缓而来

一个沉默的男人

天幕有烟花闪跳

颤抖的焰尾

摔落在他身后的暮光中

不开花的树

即使
庭院里满眼的花儿
这棵树也素然寡淡
站在深黑土层中
无动于衷

即使
春风和煦拂面
这棵树
依旧
站在世界卸妆之后的空茫里

这棵树从不开花
即使是漫天的春季
它依旧只沉入
那不见底的泥里的坚贞

这个春天流布的气象里
有太多我不知道的果实

坠落

然而

这并不影响我怀疑

曾有飞虫

在颠簸流离中

瞥见过这棵树

躲起来的泪滴

残局

他为死人化妆

把断裂的身体缝合

想象着拉回逃走的时间

他活在活着的时间之外

这个入殓师安稳沉静

他的双手修补着塌陷的肉身

时光仿若一尘不染

他从不窥测

那些生命如何一本正经地活着

把一个个残局装饰

然后焚毁

他从不懈怠

从不抱怨

他安静得如你我这索然的一生

在时钟慵懒的蠕动中

他渐渐成为一个个残局的影子

只有

在某一次清冷幽长的夜

不小心遗漏的月光里他会惊觉

藏身的药丸

把苦味裹于一身
把身体藏成一个圆
四季起伏繁复
时光刀锋霍霍耀眼
躯体被保质期踩着
梅雨犹如天与地的一场
隐忍挣扎

药的漆黑像生锈的未来
被锁在雪白的硬壳内
它藏身于好看的洁白之中
没有人揭穿这个属于苦的归处
使用说明书
已在日子的逼问下
逃离

药丸苦苦藏起身来
不经意的某一刻
一个苦命的人

颤抖着捉到它

它带着满身的苦

瑟瑟发抖

重返

这个病了的人间

沉默

冰冻的夜里

人影幢幢

风声肃杀

一个沉默的石狮旁

挨着一个沉默的保安

他们一起沉默一起站立

望着眼前的夜和夜里的人

保安点燃一支烟

让沉默闪动了一下

夜的沙漏里掉下几粒孤愁

落入大地的冷无声轻灵

像这个白天没有散开的薄霭

我路过了他们

我听到了那绵绵的沉默

我触及那飘扬在雨雾里硬邦邦的寒冷

保安斜倚在石狮上

目送一群从枝头乍起而飞的乌鸦

他的神色中没有我以为有的好奇或恐慌
他和石狮重叠的沉默
像这个冬夜不小心没藏住的影子

晨露

叶落如尘，鸟鸣似玉

清澈的阳光

固守着一块沉默石头的执念

我捡拾，吹拂

挂在

那人已搬离的旧屋檐下

在老去，雕花斑驳的木窗前。

我望着同样的落叶

听取了同样的鸟鸣

用别人遗落的旧杯子

盛满了老迈的石壶

煮熟了的茶

眼前

唯有静默如尘

此时，我对来到身边的人

说起晨露的去向

丑角的面具

丑角在哄笑中钻来钻去
我被哄笑挤在中间
腾空，跌倒，摇摆，
他身形起伏曲折
分明是日子里某段
奇异的插曲
荒谬在那张假面上
绵绵不休
人们多欢乐
世间爱怪诞

我安静地看丑角表演
除了安静
我无以奉献
我不猜度
假面后的脸
我只对假面上那笑
如何凝固好奇

某刻

我想象着

他慢慢向我而来

将我拥抱

我们浑身颤抖拥抱在一起

在众人停不下来的哄笑中

地球仪

我的欲念在地球仪上
一望便知
一根手指足以拨动、旋转
万千世相一路飞驰
陷落为我怀里的旋涡
残忍与吞噬
一轮一轮
我偏要从它上面听出
几粒鸟鸣
在地壳的映衬下
我看见衰的面目

写满湖泊山河的球体
突然从托架上坠地
宛若一声绝望的爆炸
残破的球体
在地上无处依附
我如同从它身上
遗落的碎块

掉落的扣

一枚掉落的扣
不知其来处
那些流来的日子
如果是它扣住过
那么它一定看过水云，落雪
它一定扣住过日月盘结的秘密

这枚扣子
遗落在我手中
而我
又如何令它复活
它安静淡然的样子
只令我不安，
它扣在迷离混沌的光阴里
疼，颠簸，怅惘
变得越来越纯净

我不知道它何时脱落
就像我不知道它经历的风暴

坠落那一瞬

我茫然于尘事

我一无所闻

它有惊呼、哭喊出的声

从它身上抖落下

它再也扣不住的

时光与爱情

钉

在迟钝里生锈

在断裂里弯曲

我腐烂后却依旧咬住你的隐秘

我是你遗落在昨日的钉子

我是一场事故里肇事者滴落的血

我埋伏在一场噩梦的深处

在雪白空阔的墙上画一根线

然后我就可以在上面钉出你的样子

我沉静，安详

只需要某一个瞬间

我就消失在墙壁里

借助你的一次疼痛的爆发力

仅仅一次

最后一次

我成就了一幅画或是一件奢靡的家具

我死去——却成为你所有日子里不再逃离的内容

我在某一刻钉在你沉沉的恐惧上

成为你的一部分

我无限完美地牢牢地把你打造在命运里

无限坚固

冬夜的去处

隆冬的夜来得早

去得晚

凸显这不惊不慌的漫长——如我这一生的索然

在冬夜

拂去眼中的镜像

更容易发现满溢的空旷

——如一场终将来临的笛音

一个个戴着口罩的夜归面孔从我身边掠过，

我没记住他们之中

任何一个影子

如口罩遮蔽下显出的空无

或者，

盼望某个冬夜

遇见一个空荡如昨天的人

请他将我的爱与悲欣

一起埋进一场大雪

冬夜里的雨滴

又一年了
你这样想着
你感到自己老了
多年前那些飘散在冬夜里的雨滴，
一直落在你今夜的心里
今天——今年的这个支离、可疑的投影中
这个冬夜里只留下空寂的风
你发冷的身体撑开整个夜晚的阴影

你的脸在我面前像闪电一样错乱而惊慌地浮现，
越来越干裂
破败如枯萎的大地
你眼里投射出的恐惧正逼近夜晚更深的地方。
雨滴一点一点慢慢地渗到地下那些陌生沉默的黑暗里。
一场冬雨的来临，
将是一次真正的摧毁

冰冷的雨滴穿越纱窗、阳台和腥湿的空气，
穿越所有的风，

落在你和我颤抖的身躯上。

冬夜里的雨滴中

你和我都在等着最终那道闪电的来临

冬夜里的雨滴中

你和我燃烧着欲望的身体早已颤抖不已。

飞机刚刚过去

一杯水在细小的时光中

渐渐泅出泪

斑驳的壁纸

缠绕着模糊笔迹

物事如尘落

有印若无痕

飞机又一次划过空中

刚刚过去

雷霆轰鸣中

世态热闹无边

凶猛的声音钻透房屋

钥匙被扣在锁上

谁将进入

谁又已离去

此刻

无垠的岑寂正站在房间里

那是刚刚过去的飞机

撒下的网
它对城市里的哀默
不会一网打尽

光阴之囚

太阳在屋顶晒着中年的篱笆
旧事，旧人，旧年的砖头
被昨夜的雨水冲刷了一遍
房间里的欢聚并未结束
有人沉默，有人高歌
果实里的甜
跌倒在来时的路上
孩子们跑成一串
他们的笑声像是世上
最后的奇遇
翻滚的光沉落进
草莽里的清寂
光阴之囚中
我把爱枯坐成茫茫夜色

归途

我刺入的冬夜一路塌陷

溃败的年华渐次展开回环

一地疏散灯影无处可去

拽着冷却的旧时光

比寒冷更忧伤的是这滚动的车轮

和某一刻闪出的鸟鸣

匍匐的影

轻浅的漂浮

深入之处

孤儿的自由与落寞

我用心中重山陡壁

能否偿还黄昏风起时的

万千鸟鸣

即使临渊之境

我依然愿意

交出身体里所有的光

报偿这个深黑冬夜里

不死的慈悲

季节

秋的背影并不清凉

它安抚过风起后的水波

在气球不见了的天空下

土地盛开最深处的老

摇曳的荒凉之物

挤进秋将尽的远处

绝尘而去的孤寂

串联着

变色的苔藓与浅下去的轰鸣

萧瑟薄雨

已经念不起凉意

春光再现，或万木萧条

缠在四季轮回的蛇腹上

蓦然吐出芯子

咬穿了

一整个秋天里的肃穆

光秃秃的枝丫

安稳地伸向苍天

季节之深

一簇炉火

闪跳并不知疲倦

银杏树每一条枝干

悬在季节里

每一枚叶去向存疑

远山持重

掩着万物无言的终局

裂开纹路的木桌上

一个正红润起来的苹果

遗落在向晚的蝉鸣中

一个藏着爱的女人

容姿优柔

面色潮红

安静如行将隐去的余晖

随时向草木献出自己

一座静深的庭院

草木葱郁

落英缤纷

有蝴蝶的断翅

浮在水面

像颤抖残破的往事

僵而不死

斜下的夕照

抱着这一汪碧波

竟说不出一句心疼的话

今夜值得

此刻，今夜

值得

把对往事和旧人的思念切成碎屑，

值得

把自己惶然，羞耻，骄傲

还有虚拟的半世

重演一遍

值得

去嗅那肆无忌惮枯萎的美

值得

大醉江湖

值得

死而后生

值得

无可救药地去

爱在一片灰烬里

值得

把自己写成一张白纸

投进大寒之夜的深黑中

剧场的沉默

帷幕落下
一夜笙歌
在最后流淌中的躲闪与渴盼里
休止
舞台时空飞旋
天穹日升月落
曲终人散
剧场沉默
如一潭千年未动的深水

春光里的柳絮
冬雪中的瓦砾
黑影幢幢的空间
盛满虚幻的躯体
古老时光生长在
星空的皱纹里

道具，灯光，音响，假面
终于可以安然站在剧场中

它们沉默着此刻剧场的沉默
刚刚那些戏剧里的意外
终于不再呼喊

奇异扮装的舞台一次次
飞扬神奇与战栗的灰尘
帷幕一次次落下
剧场的沉默里
无人可入

霾

深深的霾比夜醒得更早

其实那只是从另一个晴朗而来

那些还没消融的雪依旧在记忆着往事

沙粒掩埋的悲伤依旧轻轻悄悄

暗无天日里

他依旧能望到头顶迅速变幻的天空

他依旧听到风与叶交手后沙沙的声音

霾用最轻的力量把天举起

举向它自己

举向一个假想的明朗

那些隐约的黑鸟消失在沉默的深处

那一粒一粒尘埃轻扬又落下

像极了安静的心窝

谁在霾里心疼

谁在霾里离开

他戴上口罩

戴上往事

戴上季节的回声

戴上自以为是的目光

戴上这个世界对他的失望

戴上一个肉体的忧伤和耻辱

走进霾

走进虚拟

走进沉默

走进消匿

霾将阳光染成尘埃

连同这个无边的冬天

霾穿越天边

为忧伤覆盖往事

霾替谁又死了一次

霾向卧在枝丫上的猫头鹰做着隆冬的哀悼

沉沉的霾

让大地动弹不得

此刻不再有岁月之隔

只有时间的白色花朵

孤单的风和不真实的歌声

皮影人间

伏笔一埋就是千年

动物的皮囊穿越光影

雷声从今天的身体跳跃而出

荒凉春秋

江湖无常

手指拨动

千古人间的纹理

皮影精灵般闪动

声乐舞起

古旧幕布上映着

巨大的荒寂

年久的皱

沉默地望着今人

连同他们斑驳的面目

帷幕千年之隔

从黎明流向日暮

每一滴雨水都清晰

人间世态

幻化如影

某一刻

那薄如蝉翼的光

刺痛了我的眼睛

曲终人散

帷幕又归于雪白

一无所有

一尘不染

走入幕后

遁入时光

皮囊躺下

满目苍老

日历

秋风流落

抚弄过那些脸蛋儿

像剃须刀

昂扬的领带

生动的太阳镜

蹿跳在化不开的雾气里

交通意外刚刚发生

这只是一个孤单日子的背景

瞳孔吞下整个黑暗

夜晚便不再来临

街道眩晕

广场蠕动

楼群颤抖

古老的城市从清晨到夜晚

不住呕吐

这座城市有狡黠凶狠的刺猬和瘟疫一样的爱情

天空

这个深不见底的胃

渐渐衰朽

那里潜入了这个城市的硕壮

婚礼的爆竹腾跃而起

灰烟铺满一片片云朵

苦涩的爱情

甜蜜的交欢

无法拼连

在我幼小的年代里

我那还不满三十岁的姑姑把我一次次抱起

如今在城市

我见过三十岁的女人撒娇和撒谎时露出的牙齿

还有她们饥渴的眼神

在这座城市里我生活了三十多年

它常常会下暴烈或温柔的雨

其实雨水也只是这个城市缥缈的暗示

一些人记住了

一些人忘掉了

每年我只在某个秋夜翻动一次日历

眼睛依赖黑色活着

燃烧的记忆

留着向黑夜募捐

躺在床上

除了身体

只会感到夜晚的虚幻

蜘蛛网黏稠的温度

捕捞着囚徒的气味

窗子上早就匍匐着一只将死的苍蝇

它那痛苦的脸

向人间吐露着它的生活经验

收旧物的人

从地下室走上地面
收旧物的人一身濡湿
像一片生锈的钥匙
灰暗破了的衣着
是昨日窗子里老去的相片

他手里一捆废弃报纸蜷缩着
小心翼翼地躲着光阴
他像一件慌张的旧事
流离在今天的气象里

他从电梯沉入地下
安放废旧物品
他从电梯升起
迎向大地

一个时髦女人喊住他：
明天帮我收一下旧电视
看不清的表情里

他嗯一声

像很久之前

某台电视黑屏时微弱的响

晚间屏幕

很多次夜里我面对着屏幕

手机，iPad，电脑

我写作，看球，看戏，看那些人舞蹈

甚至有时看工作的稿件

我弯曲，毫不坚强的手指

逃不出键盘上那些字母的诘问

我眼睛深陷在黑色的沉静里

就像一尾鱼流落沙底

我缄默

忘记感情和时光

成为屏幕前的深渊

在某一刻

灯停止了喘息

屏幕的幽蓝之光

猝然醒来

像伸出来的枪口

当屏幕熄灭之时

已无星辰可仰望

只望见

一个醉酒的人

横卧街头

鼾声如雷

却惊不了一个夜晚

万圣节的南瓜灯

这一天为南瓜预留

眼睛，鼻子和嘴

成为一张面孔后

它更像一个被遗弃的孩子

在角落里欲哭无声

就像在这一夜以后

它仍然恢复一只南瓜冰冷而漫长的

沉默

他们说

鬼只在这一天夜里来到人间

足以让我想到它们的抵达

该是多么战战兢兢

地球上的人类穿上斗篷

在脸上抹上血

一次次拙劣的模仿

无法帮他们跳脱时空

如同

他们逃不掉的

被按在此处的
尘世

这个幼儿又哭泣起来

其实他从不知道悲伤

究竟在哪儿

这并不影响他为生活悲伤

他披上红色的斗篷

破涕为笑

仿佛人鬼交际

只是一次言不由衷的表演

提上一只南瓜灯

丑陋中透着喜感

打开开关

让凌厉的笑流出来

浸着南瓜荒诞的面目

在幼儿的纯真笑容下

南瓜灯里发出的笑

显得可笑至极

我有过萧瑟的时光

树叶闪动的瞬间

看见我起身而去的影子还印在衰老的墙上

睡在不可触及的空空荡荡里

炽热的身躯

衰微的目光

暴雨后晚霞当空

时间做着繁复而忧伤无望的跑动

树上的蝉以无指望的习惯

咬住一个夏天的无力

万朵花仰望天空

撑起它们成熟的疲惫

包子出笼

炒肝入碗

人们碎步急行

像田地上被收割的麦子

飞散的鸟群漫天

尘埃纷纷飘落

有人一口一口吃完一个苹果

安静得令人惊异

吸烟的少女

她如此年轻
年轻得就像初升的月亮
像一场缠绵缥缈的迷梦
像一切真相里的不真实
她不停地看手机
看上面疤痕一般跳出来的文字
看上面闪烁而无留恋的时间
烟灰掉落在她的肌肤上
乍起的疼是我替她感觉着的
焦虑只是一枚风叼着的芦苇
那遗失在心底的孤独与惘然
被这个夜深深接纳

新年夜里的信

尘埃，落在了我新年晚餐的碗里
它们进入我的客厅、卧房、浴室
它们进入我拼命挤压抵抗的生活里
它们稠密、繁杂、灵巧、诡异、漫溢
它们不留印痕地侵占了我一年又一年的日子
尘埃，在这个新年夜里我突然爱上了你
你将抚慰我今夜的惶恐
你是另一种温柔的枕巾
陪伴着我幽暗坚硬的孤苦

新年总会在冬天到来
最后的温度冻结梦的唇齿
今天，我终于相信了轰然的雷雨、惊愕的闪电，
相信了天空的阴沉和凄冷，
我相信了整片草原燃烧时，
世界那惊心的灰暗，
我相信了火的声响和马的泪水
我想在空白的信纸上写下一封给自己的信
笔下一片空无，

这就是我对自己的诉说

我相信这个世界上一定有另一个自己，

比起内心痛苦的我，

他更坚定

窗外的风依旧硕大，

这个新年夜里很多东西将会在这汹涌的风中，

飘扬而起。

而这封空白的信笺，

将会在这个夜里沉下去。

悬浮一样的台阶

无意中站在了台阶风口
像卷入了往昔的底
曲折的风轻拂怜悯
除了去向不明的出口
我无处可遁
我就这样被纤柔的光
扔在这儿

台阶从上而下
诱饵般试探
意味恍惚
我一步步弓身
攀着台阶的身
犹如命运抛下的绳索上
滑着的一块旧疤

攀上台阶的高点
出口无风无光
我望见　令人愤怒的辽远
以及　刚刚发生的车祸

眼药水悬在空中

眼里生出一道疤痕
像时光斜刺里的诡笑
总是妄图看清尘雾
却只是自身被埋在虚妄中
自己点进的药水
总在躲闪着它的归宿
而我该相信怎样的孤注一掷
在药水之下我无非
也是一团迷雾

病居的身体
倏忽的光影
高举药水的手指
颤抖不止
沮丧，忧虑，惊惧
爆裂无息

药水迟迟不落
审判久久未决

期待与凄惶
交融于微渺水滴
药水落入眼睑
自信般的抵达

光焰和风过去了
大地清明
我平躺于指针的浮萍
感受着疑惑中药水的翻涌

亲爱的，
我一无所有

一个毁容的小男孩和一只黑猫

一个毁容的小男孩住在我的楼上

像隐在我日历里的一页空白

他总是静默、孤独

像一阵娴静纤细的风

总为我带来流在心底的凉意

哪怕在一个 34℃ 踢完球的午后

让酷暑的阳光斑驳如一块破裂的石头

这个毁容了的小男孩不羞涩，不躲闪

但

他从不走向嬉闹的孩子们

——从不走进孩子们的歌声里

他就像我脑中所有那些远去的记忆

他的沉默很多时候就像一把锁

锁住那失群的鸟儿一声声由远而近

他没有名字

没有声音

没有面目

沉在某一个黄昏的斜影下

慢慢凝成一块石膏

为现在的夕阳

绘上一个再也解不开的死结

这个毁容的小男孩现在抱着一只安顺的黑猫

他抱着它坐在小区的椅子上

像静止的时间一样安静

我曾无数次想象他的怨恨、愤怒、悲凉和无辜

现在

我们都安静极了

就这样坐着

突然

他怀里的那只黑猫凌厉地喊了一声

我内心这渐渐成长的忧伤一下淹没了我

就像我满眼泪水地望到他被毁容时的情境

第二辑

世事依旧

放弃

万物清寂
仿佛时光已投降
寂静的语言
远处草屋里灯慢慢暗下来
像哼着歌谣的人抵不住睡意
颤抖的夜色里
有人替我耕耘，爱与哭泣

我凝望的远方
依旧不知疲倦地伫立
就像我对窗前
那棵陌生的树
凝望

那些放弃
其实足够构成天地间的脉络
我不断想起
那些落下来的尘土
那些干涸的溪流

那些唤不出名的远去的飞鸟

我越努力思忖

就越感觉与世界亲近

放弃，

火车把荒原的守候

留在无人的路途

大海将对水滴的爱

留给浪花

觉

时光的竹子

我节节咀嚼

那些影子像灯盏

由虚空坠落

如水铺地

无际可望

屋里熬着梨子水

翻涌的汁水

是我经历最饱满的时刻

藤蔓载着沸腾的欲念

向空中徒劳呼号着

一次次怨尤，或是不甘

推开窗

阳光正好

盛起的悲凉

隐身其中

成为其中

一道光晕

远处的阳台上

有人唱起爱情

有人似乎还在爱着

现在的时节

我已模糊不觉

但我依旧清晰望见

波澜的缓缓不息

确凿发觉

从不厌倦的流淌与消逝

空杯子里的空

空杯子孤立在那儿
荒原般地占据
人世的静止
不过如此
人们言说纷纷
它敞开自己最大的空
倾听

所有的懂得
都以空的模样遗世独立
所有的慈悲
都以空的模样致敬

商场熄灯
空空的杯子
消失在
众人离散之后
空空如也的时间现场

跨年夜

有人在路边烧纸给逝者时
月色从黑的缝隙里漏下来
老迈信封里的往事已然超重挤出身体的影子
早已没有了骨头
秋水长天之后
是白得干净透顶的寓言
跨年夜破例喝的酒里
我看见
送别大地的时光
居然恰是跌落人间的月色

那些尘土上的脚印
森林里的雨雾
大地上的灰烬
潜在月光里的伤口
都坐上一泓无名湖水
孤帆远影

来去

我背负一包尘土和寒露
辗转于平凡世界的砖瓦
倔强，疲惫
以及悲观主义的锐利
是我到来时的罗网
我孑然立在无人巷口
无风的平静
没有悬念
村庄在眼前退去
叶落于尘沙像遗物撒落一地
一只大狗迎面而来
无声、阴沉，
像一簇灰黑的枪口
从时光不经意睁眼的瞬间
伸出

后来，去时
一辆迅疾的轿车载上了我
我再次路过

这继承了无数命运的街巷

我不看车窗外任何画面

我从光影明暗的漏洞里离去

我从此沉默，一去不回

漫长而短暂的归途

我只是闭眼一次次在心里

预演着

所有从天而降的爱与恐惧

路过此地

那曾经煞有介事的愿望
被阳光抚摸得锈迹斑斑
像一片片废了的田地

面对眼前的无垠
如果你发现了我
所有的短暂
请你多看我一眼

当我彻底爱上黑夜
才充分呈现了
我对白昼的真诚
远驰的路途上
遇到炽盛的太阳
在映射的光里
我看到自己落寞喑哑的半生
又重演了一次

树荫下

一个独坐的人

身上套着扭曲的影子

车上的我与她倏忽而过

当我收起我的泪水和苦笑

当她从树下离去

我们都将在相同的阳光下

变回原形

夏风流落

扫下枝叶

强忍了半世的颤音

铺洒在黄昏的林间

落月的庭院

这个世上
月亮最不怕黑夜
轮回与繁复
它一次次来临
这个爬满苔藓的庭院
一次次收纳和注目
这一夜又一夜执拗的
光亮吹拂
这一次次辉煌的失败
摇曳激荡

黑鸟的歌唱
夜空的迷离
孤勇的月亮游不到
白昼的鼻尖
无指望的坦然
直刺曙光的脊背

千万日夜

千万风尘

千万灯盏

千万飘零

月亮

偶尔隐身

从不拒绝

任何一次熄灭

明知命定

一如既往

只有这个庭院

站在它的身前

一次次不厌其烦

抚拥这黑暗之中

永远的旅者

浓雾中的列车

我和火车一起呼吸着雾气
在灰暗中呼出铁锈般的残余
遥远的荒原等来了多年后的雾霭
光线的锋芒正在把道路刻成岩石
犹如幽冷的逼视

车内一声意外的惊叫
刺醒了我全部的记忆
火车沉迷在更深的雾中
我于其中倾听了许久
在漫天的迷蒙里
我草草收拾内心的狼藉

列车将穿越夜晚中的深渊
那些人的影像在空洞的窗口
摇晃着
像散落的枯叶
像哭泣的乌云
黎明比我想象中来得更加早

被这些窗口吐出

然后吞咽

乌鸦捕捞着往昔

将飞过血流不止的月亮

它们成群地掠过

废墟一样的城市

为人们献上黑色的歌唱

一段不属于成人的时间里

越积越厚的雾

压迫着我

成就着难以掩饰的凋敝和苍凉

现在

列车已然到站

我像个谎言一样从车厢里走出

潜进混沌的夜晚

我的眼睛一下就熟悉了黑暗

商业街

人来去
人过往
擦肩而过
交错混杂
像浪里的水滴
像沙漠里的尘
长大的孤独挤进
血液般的人群

窃喜者
末路者
流连于爱恨的人
痴迷而不改的人
埋进热切的生活
繁华人间
灼烤落足于此

一座高耸的现代化楼宇
孤立于街上

有人像谷粒一样从它的口里

流出来

又被日光塞进

我仰望着它

每日在时光里消磨自己

每日

如何把自己磨成细长的针

在每个激越的人海之浪里

在每个暗无人迹的睡眠中

刺向天际

一去不返

从不回头

世界的静

你

站在那里

站在我眼前

不近不远

凝望我的凄惶

你对我什么也不说

就这样望着我

我的悲哀

你了然于心

你什么也不说

你的沉默就是星辰的沉默

遥远而明亮

你望着我

安静而清晰

昨日的翠鸟

已飞入云层

依然可以聆听

她婉约的啼鸣

漫天落英

横扫败落的时光

我

犹如一粒石子

安静于深入泥土的树根旁

你

就站在我面前

真切又遥远

我触及你的哀伤

安静如你

世界真实得如一个梦

世事依旧

蚁军走在泥土的秩序中
遇到关隘它们也不会仰首
不欢呼，不流泪
只顾行走在热烈的悬疑中
梦幻之色暗下来
炽热的镜像溃退
有人在城墙边数着残缺的影子

雪落入大地
一如悲伤的消散
空旷的叶
滴落在干涩的眼睑
空中疏影横斜
雨水悬而未决
流云一去不返

空荡的车厢里
停留着沉默的旅客
飘飞的尘埃

善变，脆弱却足够忍耐异常
它们终于
在这些过客往返上下后
安然抵达终点
如同最终的主人

傍晚的河流平缓优柔
一只小舟翩然游荡
船上的人在从容平淡对话
只是偶然间
他们抬头望望空中
看看天气有无变化

台球·斯诺克

噩耗的杆子欲言又止
你撞向更多的你
疼与疼的分解与叠加
绝望并不是终结
四散的空洞是你最后的归宿

电视里选手的领结与悠扬的微笑
乡镇夏日夜晚台球厅里的空酒瓶和裸膀子
你如期滚动，毫不犹豫，毫无悬念
一次次响亮的碰撞
夹在匆匆燃尽的香烟里
你来不及张望一次

你又一次被摆在那里
不安，无辜
你放弃最后的抵抗
等待在四周的掌声里再一次
又一次
沉入生活静静的漏洞里
如期而至，如此完美

跳房子

他应该不到五岁
夏季黄昏里
他和姐姐在小卖店前玩跳房子
一种蹦蹦跳跳的游戏。

我曾在这小卖店里买过香皂和雪糕
我从没走进去
我没看过里面的光线。
他在蹦蹦跳跳时喊着：我要去医院做游戏了

妈妈带他去医院的早上
我看到他穿着的新鞋子
他的笑还是昨天跳房子时的声音。

后来
我再也没有见到他
一些日子后
这个小卖店一夜之间成为土堆
他们说是违章建筑

必须即刻拆除
拆除的还有这里的人影和声音

又一个夏天里
又一个黄昏里
我又看到地上的图案
我又看到有孩子玩着跳房子
这种蹦蹦跳跳的游戏。

玩偶

我挨着

这个有着人样子的玩偶

我们在一起

我喜爱他

拍了一张合影

我觉得我们好像

似乎我就是他

我们并排时我知道了自己是弱者

包括我的影子也比不了他

他淡然从容

不愤怒不焦虑

他的脸上没有时光

他甚至没有泄气的孔

我在他身边时才意识到

自己是弱者

心存眷念的人

满身漏洞

我的口袋

我的口袋总会装些东西
我假想
它们可以伪饰
我这虚空的一生
一串钥匙，一包纸巾
有时是手机
或是几枚硬币

我外表沉静悠然闪过
那些雨和光
我从人群里穿过
他们都不知道我把手
插在口袋里的习惯
就像那些无人理会的
欢喜、痛惜，以及悲凉
当我掏出它们时
我看到它们更有光泽了

我的口袋中

现在放入了越来越多内容

因为我愈发虚假用物象

填充我的虚无

我已经不会再去抚摸

口袋里的物件

潮汐起落沉浮

狂奔

面向天涯

很多年之后

一次又一次不经意间

放入口袋的手

获得了一种巨大幽邃的平静

无尽之望

在那些小花消失之前

我想再走一次这被山洼隐藏

的小路

风声只是风声

其中什么都没有

徐徐展开的冬天纹路

静静坐在崖边

天越来越晦

我渐渐空旷

在夕阳化去之前

望见物是人非

望见无尽之望

无题

被压伤的雏菊一簇簇倒下
一串串麦穗落入大地
那些飞旋起的尘埃
像被设定好的舞
一切毫无悬念
一切毫无痕迹

悲伤的手臂
消融的语言
破碎的蛋
死去的鸟
再做一次世界的孩子吧
在流云游走之前
我再听听从古老森林里飘出的
这慢慢冷却的风声

乡间傍晚

徐风清凉
天边被过滤得干爽
清脆得像昨夜无意打碎水杯后
留下的玻璃碴
村妇正踮着脚收一家人的衣服
拥挤得挤出墙头挂历上女人的眼袋

日落西山有人急匆匆赶着为去世者守夜
晚归的水牛无欲无求
与欢跑的孩童擦肩而过
鸡群抢着最后的稻米
趁天黑下来之前
心急地再叫一声

云团像昨天镜子里的那张脸
掉了漆的木桌上的钟摆
晃着头
于时间囚禁中
有了仪式般的容姿

深长沉静地飘浮在乡间

犹如忧伤本身

柴草入灶噼啪作响

有人做起了晚餐

星辰

我常常仰望星空

想象着自己的命运

于是

那个夜晚注定摇摆动荡

水波凝聚

万千树叶飘浮在空中

古远的风不知所终

我像一粒星辰

被天宇说出痛楚的名字

大地上的时光

断裂在夜空之中

我不再寻求启示

像一粒星辰垂隐天际

死水微澜

火山崩裂

安静看过

不曾言语

我是一粒星辰站立天际

想着自己的命运

我的长影千年不动

结痂的土地忧郁地望着我

天地无边

日夜无痕

命运几何

却是

我又如何被刺在星空？

雪铺在大地上

雪铺在大地上
用了半个夜晚
早上望见
白色的深渊
留住的脚印
与爱情有关吗
还是连接一生沟壑
昨晚我睡得那么深沉
醒来我的钟表愈发迟缓
我已忘了梦里是否痛哭
我只记得清晨
扑倒在肩头的雪花又大又密
特别适合冬天的来临

牙病

我躺着

张着嘴

不动

类似屈从的姿态

遮住面目的陌生人

用尖利的器具

以及刺痛的声响

探入我喊向生活的通途

我用嘴里的牙诅咒和求爱

如今它现出原形

毫无抵抗

它摇摇欲坠

身体多出来的坚硬

只是空房子里的锈

"你很疼吧？"

蒙面者问

听不出他的感情

我沉默

对抗与迎接

锐利的刺破音

切割着飘逸的光斑

我看见树影落下去

我看见自己近了又远去

一口猩红喷出口

蒙面者摘去口罩

戴上赌赢者的笑

嘴里的肮脏被我一一吐去

我犹如一个胜利者站立

并没有人结束

我内心的绝望与恶意

眼前的保洁工

她漠然得近乎木讷
她的劳作就是收集废物
以及抹掉灰尘
劳作之外她只是这样无言地坐着
一如我见到的某种不知在上面如何书写的白纸
她不吃零食
不发一言

眼前这位保洁工
甚至没有人知道她的名字
　"姐"，一个泛泛的称呼敷衍出更大的模糊

就在刚才
天空万念俱灰倾泻灰黑的雨幕时
我突然听到了她从未有过的碎语
从她从不说话的口中
像一团更灰黑的雨雾
那声音听不清也听不懂
细密，缥缈，凋零，破碎

如同她倒出去的那些垃圾

眼前的保洁工
在那些沉沉流去的日子里
她不发一语
那些她未说的奔涌的言辞
烂在她的肚子里

一个人在小镇等待黄昏

一个人在小镇看云
看朗朗天色的最后收场
看阳光的落幕
看清晨的梦被风吹成一截截灰雾。

一个人在小镇听风的声音
听到大地之外辽远的清寂
听到风从古老天边拂来的忠诚、恐惧与忧伤。

一个人在小镇等待黄昏
淅沥的梅雨在时间之外
替大地做着最后的申辩
飞过的成群黑鸟像撒下的尘埃——颤抖的祷告
当一张斑驳的脸被这里的黄昏收藏
这个如期而至的夜晚才真实而强烈

一只苍蝇在孤单的房间

一只苍蝇钻进一间孤单的屋子

房间没有光

让温度像流逝的时间一样不再存在

屋子里的清静滑在这个冬季的脉络中

你在昏暗中听着苍蝇的飞旋声

你猜想它在觅食还是寻路

你猜它的过往

你猜着那些遥远的奇妙和忧伤

　一个孤单的房间里

你坐着或站立不动

看或听这只苍蝇的飞

看它混沌的飞

听它残缺的哭和歌

然后

在某个时钟鸣响的节点

看行将衰败的它匍匐在某处

用它最后凝聚的气力

向同在房间的你

无声地问候

遗像画师

乍起四散的哭声

像漫过河床的风碾倒那些稻穗

人们等待他用画笔

为亲人做一次徒劳的复活

这个遗像画师年轻清瘦，脸庞干涩

他眼神从不迟疑，笔法素简

沉默他含在嘴里，他从不哭泣

铺在他身上的光芒

像一朵匍匐的花儿

古老的手艺

原始的生死

只是一场黑白的描绘

他偶尔会在镜子里看到自己的影子

黑沉沉的，像一朵西沉的云

窗外，掠过鞭炮撒欢般的悲鸣

他用古旧的笔表达也抗拒着最后的倦意

他在画纸上涂上黑白的时间

一笔一画画出羞愧、悲凉、仇怨、恼怒、疲惫与可怜
直至抵达最后的劫难
现在，他坐在夕阳之中
像被遗弃的黑暗

突然，困意袭来
他被黑白的线条拉入一场漫长的混沌
他在睡去的刹那
笔尖刺透那未完成的画像
以及一个已完成的人的毕生

阴影

午夜

一个人坐在阳台上看火车

身上阴影开花结果

沸腾的车站

冰凉的轨道

火车叫一声

又一声

身上阴影就一次次闪亮。

我每天活着，每天

藏在人群中

没人怀疑这虚构的事实，没人。

阴影

像此刻的手

这只手放过风筝

写过孤独的诗句

投掷过石块

轻抚过心爱的人

现在这只手提起阴影

我眼里尽是漫天的灰

火车驰过后的风

在慢慢扩散

这让我微微眩晕。

我好像第一次看清了阴影。

阴影

荡漾，悬空

风再次袭来

铁轨渐渐升起、塌陷。

有人在雨天照镜子

雨下起来的时候

有人在窗前照镜子

厚重的灰铺在角落

窗外没有声色

也不起波澜

雨漫洒的过程

足以表现它的爱恋

湿透的土地

灰烬一样的光线

有人在雨天照镜子

雨水漫漫

未到结局

已抵达谜底

以及

正经历的现实

在窗边

眼前的窗有着尘土般的黯和寂

倒悬的景致

随时会轰然坠地

面孔的投影

像被涂黄的旧报纸

奄奄一息的空茫

浮在不动声色的静默里

掉下的枝丫

只剩下错落的笔画

孤单街角忽闪忽闪的灯光

像深海里的水纹

一波一波荡逸

柔弱不堪

我大口喝着苏打水

神色是一尾明暗交错的鱼

无迹可寻

我在眼前水的摇曳中

望见变幻和死而后生的光

在梦里远逝

我无法把那片月光留在梦里
就像我无法挽回一些衰迈的岁月
和遥远的爱情
那场浓浓的晨雾其实从没有散去
它一直覆盖着整个天空
一切都是那么凄迷伤感
如此惊心

在梦里远逝的还有什么
我和我的梦相继走失于那次清醒的意外
而今天
就在现在
那盛夏里的鸟群
那充满诱惑的细雨
依旧会准时到来
它们显现着相同的温度和情节

而今天
就在现在

你面前的我

已经无法再次表述

那些失散的故事

比如一些落叶

比如一尾鱼的死亡

比如那枝妖娆的玫瑰沉陷在空中

站台某刻

风拂过白色风铃般的野花
花瓣朝向天空
喊出人听不到的声音
我看到夜色渐浓的时光里
一簇一簇飞过头顶的蝙蝠
还有赶着归巢的鸽子

站台横卧于荒阔山野
我望见两辆并行的火车
蜿蜒远去
就像游向深不见底的汪洋
乍响的汽笛漫天长啸
惊起谁不知沉潜何处的
孤独

尘间
一片嘹亮

阵雨即将来临

记忆中的那场阵雨又要来临
空中的雾气像腐朽的梦寐被驱散
路上的你依然精神昂扬
消失的飞鸟成为一种哀默

我家的小区驶来一辆搬家的车
灰蒙蒙的身体搬运着湿漉漉的家具
门镜的反光像深埋的伤口
被一次次不经意间摇动

阳台上那个妩媚的小情人正在阴霾的气息里
跳跃着练习性感的现代舞蹈
她头上的白云似橡皮一样擦掉记忆
呈现出更空洞的想象

现在我就要搬进你的身体
就像一次搬家
灵魂如影子一样扎入土地
等待阵雨的一次抒情

气温骤降

我解开衣扣

从熙攘的搬家工人中走过

装作对生活毫无知觉

植物人老者

她坐在太阳西落的暮霭里

时光滴落

一滴一滴

她和时光一起衰老

她住在所有光的熄灭之中

她如此老

安宁，清静

如一汪被干裂土地吞咽掉的湖

躺在奄奄一息的沉默中

她歪在轮椅中

吐着舌头，口水滴落

毫无知觉，毫无感触

她靠在那里

如时间倾斜又干瘪的影子

灰蒙蒙地映在那满地无法收拾的灰烬上

她就是时间正在经历的时间

她就是光芒的黑洞

而无人体会过她来到此处的热情

她在他们口中被称为"活死人"

她衰朽，丑陋，冷漠，空洞

她用无可指望，

无可修复的沉默

迎接四周不可遏制的喧嚣

她再也等不到一次拥抱的哭泣

偶然一次

我无意间俯下身子

望见了她僵死的脸上漂浮着一丝谄笑

最后的关头

坐在榨汁机旁的人
看草莓与凤梨的翻滚
听日子被搅碎的声响
窗缝隙内藏着的烟尘
惊恐于飞去天边的鸟
事物的沉重在最后的关头
已经变得轻渺

阴云深重的时刻
走出地铁口的人
想起了天空
悲悯不可负重
的心事
暴雨怀着无可名状的痛楚
不得已，迟疑着爬上云团

一根野草破土而出
无人觉察

确信

寂静，虚空。

蚯蚓无所谓

一口一口吐着气

指针不挑剔

一粒一粒

指认着不退却的现场

但愿

在寒意升腾的气象里

我一直缄默

在灯盏下

我甘心记录那些灰烬

我接受

那些花朵成为尘灰的现实

我确信

那些尘埃死而复生

第三辑

用一颗石子在一座城市里写字

二姨的沉默

二姨总是沉默的
干涩的冷笑是她对生活的偶尔表述
二姨的偏执性精神病已经陪伴了她三十六年
沉默成为二姨结束一切的手段
沉默更让二姨像一位命运的大师

沉默使二姨成为一位用眼睛生活的人
她用沉默转告我所有关于结局的秘密
她那突然间弹射的冷笑
穿透了我们所有人精心种植的羞耻
她的沉默像一个无底的深渊
把人们和世界一起埋葬。

二姨二十多年前骑的邮递单车
躲在逼仄的角落
像一段被抽去了神经的舌头
它靠黑暗生长并吐露着那些再也抹不去的锈蚀。
明朗的阳光下
二姨眼中盛放的阴影

一次次收回她曾经投放出去的邮件

现在
一阵阵冰冷的风漫溢在我给二姨拜年的电话里
她的沉默让我看到了一场悬而未下的大雪
在她的沉默里我听到了那些内心的碎裂声
我听到了这个世界那永远无法停歇的哭号

返乡途中

窗外的景色过早虚空
这是孤独者更加孤独的时候
颠簸的车子破旧
伤感是如此犀利和容易的事情

全部的印象总是少年时代的气息
时光切割着幻觉
什么在将我抛弃
我在和什么脱离

炎热的夏天我裹着长袖
身体就是一件易碎的瓷器
在车子拐弯的地方
所有景物一点点虚无
地平线剧烈抖动

血迹干了
不一定有伤口
体液并不都因爱情而生

从眼睛到灵魂
测不出距离

人们走在街上
不以为意
阳光下一切如旧
只是风起后
我看到那些尘埃
扬起又落下

风打着窗子

风起的时候

我依然能辨出你的声音

这声音没有波动也不温柔。

夜晚，在这声音中我看清了即将过去的一天。

风打着窗子

像你抚摸我的手

眼前的景致

比那些唇印和暴雨更让我感动

广场上孩子们歌唱着跑动

窗子在他们凌乱的步音中愈加恍惚

目光蠕动在窗子上

渐渐诱惑了忧郁的人

风打着窗子

速度像闪电

撞击迅捷猛烈

天生的怀疑

让这个夏季必然地降临

当我无法适应睡眠后的阳光时
当我听到那歌咏中最后一个词语时
我的手依然温热
这样的甜蜜是我内心唯一的隐秘

光阴

从一个人身上流去的光阴
替另一个人活命
灯盏
在弯曲的躯体之后
用忽闪的光
守着满地灰烬的秘密
这一刻
土地终于可以深埋光阴

夜里，
每亮起一处烛火
土地就痛楚一次

记忆

每个落叶飘零的日子里
我总想到天边的浮云和晚霞
想起故乡纠缠抒情的水草
混浊缭乱的光线
像套在身上假惺惺的皮囊
宁静屋子角落里的蛛网
安放着一世的空洞

走失的风筝奔跑在天空的深渊
黑暗潮湿的光影被摇曳的烛火呼喊
大地上镰刀般的光明
收割着一丛丛的乌有
夜的城市鼓荡起全部生殖欲望
闪烁在老去的灯光中

我在夜里听风
想象着泥土里的爱情
衰迈的黎明挣扎在稀薄的花瓣上
阴凉的目光还在云里

远山的倔强吹拂着幽黑的树林
这是只属于一个人的静
隐秘幽暗的悲伤像童年的歌声
被渺渺细雨缓缓浸透……

家具

家具一件一件搬入

从门口进进出出的身体

匆匆不息的厌倦

那些锁眼里锁住再也拔不出的空洞

把抽屉一次次拉出

放入时间的嘀嗒和你藏起的花朵

可拉出后你再也找不到你的悲凉

你擦了擦家具上的镜子

你说你不喜欢这样的反射

而比你失落更空洞的是那些遗忘的影子

家具一件一件搬出

从门口进进出出的身体

描摹着最后的记忆

钥匙挂在门的疲惫上

现在

搬家开始

把家具一件一件搬进

把家一点点塞满

就像树根扎入泥土

就像石头等待被大地收集

建筑工地

你对面建筑工地里的推土机

它们的运动在不断挤压着你的眼睛

你一次次在楼上，在窗前阴冷地眺望它们

清晨的雨滴，比你的目光更冷地扑打在你的脸上

推土机一次次扒开湿漉漉的地面

惶恐的灰尘纷纷扬起

你的视线正在慢慢变黑

你感到它们的牙齿都渐渐咬透你的身体

你常常和那些衣着不洁

歪带着安全帽的工人擦肩而过

建筑工地前那个卖报的老者面目枯朽

他总在直勾勾地盯着你

他们说他已经失聪多年

在他们身后那座即将建起的摩天大楼

像你某次床笫上的高潮

盘绕着你的身体昂然挺立

然后像蛇一样钻入你潮湿的内心

终于

一切归于静寂

在所有人都熟睡的夜里

你像是突然成为一台推土机

狂奔入建筑工地

面对那些宛若死去的安详的机械

你疯狂地扭动四肢

一次又一次

狂野而又徒劳

重复模仿着

你曾经看到的场景

惊愕

我惊愕于这是一场梦
黑暗里展开的细节
摇曳的光影里
飞机啃噬云层
梦着的人被风吹散

潮湿的天穹
隔离者的梦境
机场大巴扬起的烟尘
落满街道孤单的眼神

我惊愕于死
梦里的雪花铺满来时的路
更深长辽远的黑夜
埋在沉醉的雪中
面目惶恐的真相
仍晃荡在你的身前

惊于无惊

了无心事

爱恨一生

生死一瞬

公交车学会了轻盈地生活

就像旧报纸飘飞在不忍沉落的夕阳中

下一个清晨里

湿润的身体

不经意间醒来

酒馆里的泡泡

明暗疏离与挣扎已成最后的色彩
酒馆的时间还未来临
真实与幻化仍在一步之间
悬挂的泡泡坠着落不下来的
囚起来的声响

我像一根鱼刺扎在面目可疑的座椅上
不点菜，不喝酒，不点歌
做一晚幽暗的失语者
直到听到鼓噪异常中
有一声惊觉的声响跳出来
我看见那些泡泡纷乱颤抖
像一个个来不及击落悲伤的枪口
已经被升腾起的烟雾堵塞淹没

看舞蹈

透明的玻璃隔着我和舞者们
我手里的果茶已经冷却
一个人带着一群人扭动身躯
我听不到声音
这一点儿不影响我看舞蹈
我在他们夸张激越的动作里
看到我跨越过的日子

他们的表情那么舒畅
隔着玻璃无声地看舞蹈
像见识一场酣畅的默剧
有好几个时刻
我和他们一起晃荡起身子
凉了又凉的果茶
一点一点流出来
像谁偷偷涌出的泪
无可遏制
浸满我听不到的音乐

笼子里的鸟

公园一隅
一只鸟被鸟笼
挂在低垂的枝丫上
不见主人
或许走失于一团
遗落的时光
公园里有花，有树，有水，
有遗世般优雅的光芒
可我还是只愿意
站立在笼中鸟的对面

"你好！再见！"
鸟被囚在笼中
说着人的言辞
逼真，生动
以至我感到虚假
如它身躯的灵动
一样不真实

人群渐远

突然流出

一段延宕清凉的时光

鸟突然停止了

那被操练出的可怜音节

凝望着站成了一棵树的我

我们互相看着清晰的对方

我们一起藏起

那些再也无人知晓的秘密

路过医院

一口破裂的碗
一只黝黑的手
硬币跌落的声响
深渊里碎去的水珠
一个低微的乞者
在昂扬的冬天睡着。

医院数不清的窗
像刺入时间的书签
明灭沉浮于空荡的光
进进出出的影
一簇簇匍匐的草。

花红的围巾
娇颜的声色
拂过这个夜晚的低入人丛的凛冽
一间沉默的房子里
一簇绚丽的鲜花
献给一个惨白的少女。

你有没有看过一种抵达

你有没有看过一段生锈的铁轨
你有没有看过一种抵达
就像踏着那些疼才能消解望不见边的荒芜
仿佛那些沙粒被磨碎才能实现抵达

荒芜悬在天边
近在眼前
废弃的火车铁皮不见踪迹
多少次锤、砸、碾才会把它变成碎屑
连接的废弃车站
不知多少年岁的旗子扑倒在空旷的时光中
犹如一个被遗忘踩住的战士

你有没有看过一种抵达
在一个寂然无声的傍晚
落日
像一个背过身去颤抖哭泣的爱人
在转身之际一把抱住
那些疼痛和荒芜。

秋尽

车厢内空荡寂寥

像世间的后场

一年还在途中

这个秋天将尽

如一个人决绝离去的背影

一颗熟透的果

坠向黄昏时的土地

流出猩红的汁液

不是厌弃

也并非参透

只是成熟的疲惫

路上所带之书

已尽数阅读

秋冬交错

我既不在前半生

也不在后半世

秋尽之刻

无声，无色，无迹，无形

时光的圈套里

我缄默

在秋天的宽恕中

望见一粒尘埃

在灰蒙蒙旷野

消失又如隐匿

少年

雨若微澜

轻洒在藤蔓上

凉意浸润

伞下的寓意

像无法消散的雾霭

出发，抵达

以至于繁复悠长

一个少年在雨中

踩着单车

头也不回

飞溅的水花

如谜一般地

近了又远

深渊

一股水涌入墙角的绿植

屋外暮色正降临

晚钟迟迟未响

锈蚀的锁

在夕照下重新焕发

昨日的明亮

一张童话绘本彩页

拥守着光明的尘土

警觉的寒风

追索着清静的此刻

余晖的一簇光影

倾倒在屋内

轻灵，婉转

攀着深渊般沉潜

沉不下去的清寂钉住

一间房屋某日的晚景

守门员自语

我站在底线
身后是修补不得的网
时光钻入这些漏洞
窥视这人间编排的缠斗
失真的影子映照在绿地上
收割着荒诞的剧本

我站在球门前
无辜，尴尬，悲壮，孤勇
等着球一次次攻击我
就像一次次被黑洞吸纳
我只是他们眼里幻觉的坐标
站在洞穴满身的网前
我就是漏洞本身
不知何时
不知方向
骤然攻击
我一次次扑倒在地
命运以球为掩体

一次次将我击倒

忽忽光阴
我站在无法后退之处
终有一扑
或球入网窝
或击球万米
逃不脱的应声倒地
像一粒熟透的果实
从枝头沉重坠落

水下的白鹤梁

　　白鹤梁题刻位于长江三峡库区上游，被联合国教科文组织认定为保存完好的世界唯一古代水文站。自唐代以来，官方记载的水文信息以及诸多文人诗词镌刻于此，常年没于江下。

我选择沉入水下千年
陆地上的事物我看得太久
它们在微薄的光里渐渐凉下来。
我在水下听得到所有大地上飞扬的风雷
我沉入水下千年
沉在那大地上流下来饱满而无着落的虚无中
我沉入水下千年
咬住所有遗落的秘密
偶尔在某个十年或者百年
我看到过大地上死在孤独里的时光
我看到过那些扎入泥土的悲伤

从亘古蛮荒到迷乱的电子时代
我沉入水下千年
我咽下陆上的土和黑暗

在水下我看到空房子里的衰老
我看到稀疏灯火里的寂寞
我看到刺透江水的冰冷月光
大地只是水里的一处结痂伤疤

我沉入千年的水下
沉入不变永恒的命运里
沉入浩渺空阔的淹没中
沉入无边无休的泪滴里
在某个你走过的身影后
我会探出水面
在依旧沉沉的缄默里
向大地投去我最后一丝怜悯

他们说要下雪了

天边根本没有动静

也望不见灰尘

由远而近

我只是和那盆草一样立于阳台

我们在无语的站立中

不分彼此

他们说要下雪了

有人还指着空中

雪和云都是白色的

这让我对它们分辨不清

悄悄地

大地上爬起了人影和歌声

这时候雪还没有盛大来临

没有雨

没有风

只有一层怜悯的雪白

止不住飘零

在头顶不忍出声

惘

暮色四合
天穹的柔和淡远
难以置信
犹如寂静深处
无人知晓的用情

蛮荒的人间
仓皇的奔赴
映在
日子刀片的反光上
寄赠远方
汽笛再次响起
烟岚蹁跹化为
一线寒露
去而不返

我爱尘间所有的荒谬

已经感到
飞机在拼力挣脱
挣脱这陆地无垠的虚空
为此
它将奔向更高远的虚空
起与落之间
是发凉的荒谬

冬季的爬行
像蠕虫蔓延的耐心
冰柱在窗棂苦苦结痂
瞬间化为水流
放过一整个季节的不安
墙上指针正吞咽着
尘间的严酷
皮肤，肢体，发丝
都昏睡阳光下
一道无可描述的弧线中
嘀嗒之声在厌倦里

歌唱着乐趣

时间的另一头
一个人
安然喝着一杯热腾腾的茶
缄默，不羞耻，不悲伤，不愤怒
像幽深丛林里
一个幻影

我的画

白天等人或看书的时候

我都画同一棵树

画它锁住天际

探入天空深渊的树冠

画它拼命扎进泥土的孤绝

画它由繁盛到飘零的叶

画它与时光交手后

风化般的躯干

我总在画同一棵树

我惊异于自己居然可以有耐心以及痴情

我越来越用心，专注，热忱

他们说我画得越来越像

只有我自己知道

我画得多么失败

我永远画不出它空旷而沉静的悲伤

晚景

我又听见钟声了

少年的山脉

中年的风霜

还有那些沉落的，比夜更深更寂的月光。

一切都深陷于远处古塔的

晚钟声里。

有人从未到来

有人从未告别

在同一片碧蓝安静的天空下，钟声依旧如昨

拂过每一枚落叶

遇见

他遇见她

她遇见他

他们停下对望，交谈

她告诉他，她记得他认识他

他听着，回忆

她说出他的过去，他的童年，他做学生时恨过的人

她说出他的生日，以及他令人尴尬的家庭

她说出他的爱与冷酷

她说出他的婚姻里死去的秘密，她说出他自以为是的得意

她说出他搬家之前曾经养过的猫

她还凑到他耳边说出让他无法启齿的癖好

他有点记起她来了，他觉得自己很想抱抱她

一辆来不及看清的车飞掠而过

她被席卷起来

她从天而降

摔碎在马路的对面——像骤然开放的花儿

落在他刚刚过来的马路对面

新年夜里的冰淇淋

新年夜

咖啡厅

人迹寥落

最后一段文字熄灭

留恋着

时针渡向白昼的怀疑

一个老者

似一粒尘埃

灰蒙蒙坐在对面

安静如时光落下的叶

暗淡的往事

古远的寓言

在老者一勺勺冰淇淋里

融化

为这个夜晚的凉

祈愿的温暖

逼近的恐惧

还在这段旅程中

告别的时间

陌生人的问候

完成了一年里

所有的宽恕

离去的与久远的

仍然

近在咫尺

在指针的颤抖里

幻化为

一根根刺

抵入时间的背面

虚实

眼前的窗

有时候我在清晨擦

有时候在昏冥的傍晚擦

玻璃被擦得一尘不染

我一丝不苟

我的专注与认真，还有耐心

我擦着

居然发现整个天空都在摇晃

我望见

一个瘦小的星子

拖着寂静的往事

战战兢兢打量大地

我还从玻璃里望见气象

与人迹

谁在屋外一定也可以望见我的身形

弯曲、俯伏、卑微

世间的两面通透，自如。

我把窗擦得越清澈

我越看见那些无中生有的疤痕

存在的真实

你们从窗外望见的我

正越发虚妄

像一个混沌模糊的叹号

学区街角即景

那些窗玻璃呈现模糊光晕

的时候

风的孤寂已经抵达

橱窗里人影

摇晃着殊途同归的情节

婴儿车里的幼儿无休止地喊

没有人听懂他哭诉的

人间委屈

楼上儿童英语诵读声倾覆

父母们的日子

一棵活得太久的树

困在来往的脚步中

它还在坚持活着

孤独，执拗

它的活路只有

把根使劲扎进灰土

冬季还未睡醒

一条蚯蚓做着冬眠前

最后的祈告

一辆斑驳老旧的工程车

抽着腐臭的下水道

它掉漆的蓝色透着

无法企及的心愿

戴着帽子的工人在下水道里

捡拾昨日败退的时间

这仓皇寥落的日子

斑斑点点的锈迹

花朵般绽放在昏黄的台历上

这羞耻昏聩的内心

是我身体的火山

藏着我仅存的年华

雪花的六枚花瓣

纷纷扬扬

圣洁的颜色

也是哀悼的白

有谁见过雪的六枚花瓣

有谁听过雪融于大地的声息

雪之后

就如同我们又活一次

就像那些尘埃又醒来

就像什么都不曾有过

在寒冷的人群中

在乌云埋下的星光里

我看清那挂在枝头

被雷击中的闪电刹那

遗失的那面镜子

映着我的发丝

天晴之后的明天，

以及很久之后

每一个阳光普照的日子里

无论我怎样晃动自己

我再也不能

让自己湿漉漉的影子

被照亮

叶落衣襟

清晨

一枚叶落在衣襟上

难道它在问候

难道它已知道

我亲历的

我穿行的

我承受的

我热望的

我扮演的

我珍藏着的

我咽下的泪

难道它已知道

我这颗骄傲的失败之心

在这个零下人间的巨掌中

在这个温度垂死阴谋般的晨

一枚向我而来的落叶提醒我仍要记住这个冬季

有着纯白的情意

用一颗石子在一座城市里写字

用一颗石子在一座城市里
写字
写进被颜色压迫的土里
写上铺满苔藓的碎瓦
写在干裂的唇角
写透灯光里的荒漠

石子被攥在失踪者手里
孩子的脸红润如初
看一座城市无尽的繁华
看一个人全力以赴的虚妄

雨中的树

雨中我又在看那棵树
看到它的落叶，摇曳
看到它被撕扯，劈裂
看到叶片的零落和离去
看到某个时刻的万木萧萧

但我像以往一样关着窗
我什么声息也听不到
我安静地看
时间久了
我偷听到
那棵树的静悄悄

我的记忆里
那棵树
总是一如既往
静悄悄
毫不迟疑
毫无异常

欲言又止的邮筒

喷泉广场跳着音乐

人们眼睛一眨一眨

光从中心升腾

一次一次幻灭

在明亮的漩涡中

舞蹈蹁跹

宛若激荡的礼赞诗

一座孤立的邮筒

张着欲言又止的嘴巴

被时间的灰涂满

它还在等待诉说

它还在等待被投入

惊惧和怀疑

——刚刚密封

它像一根针刺在这里

孤零零又狠狠地

直到

每天末班车过后
直到灯光熄灭
邮筒才像是合上了
颤抖了一天的嘴巴

纸火

行将入夜

纸投入火

一对衰迈的夫妇

沉默在红绿灯交接的街头

白昼已经流入夜的枝丫

一尾哭泣之鱼的眼底颜色

流布天边

像没有苏醒的古寓

人间的日夜跌落在纸上

亡灵在火中飘摇为大地的影子

无语漠然的男女

认真专注

令入夜的火开出一朵朵花儿

犹如一份份柔软的奖赏

尖利的大地上

物象行色匆匆

第四辑

在虚度的时光里爱过你

岛城上空的雾

海水的吹奏
激荡起壮烈盛大的雾
沦落的陌生人
无主题的生活
大海剧烈摇摆
犹如一次艰难的孕产

赶海的人们
光鲜的生活
缠绵的海场婚礼
一个陌生迷途者的进入
他和温婉的城市都猝不及防

飞机晚点
大雾蒸腾
遗失的相机
恍惚的记忆
海潮吞咽哭泣
蜷缩的咖啡已冰凉

我追随着岛城上空的雾，快步，奔冲，飘逸
雾中的眼睛越来越明亮
我如同一个孩童第一次捕捉到藏匿的晦暗

哈哈镜

撕扯，压扁，拉伸，扭转，异化
哄笑四起
镜像物理常识不需要精确
身体成笑料就足够
乐趣就是此时
伟大神奇的自然
躯体是符号
在欢笑里显出奇异和怪诞

我已好久没照哈哈镜
今天又意外站在这里
四周依旧是好久前听到的那样的哄笑
在声音里我看见对面的镜子
正一点一点碎裂

黑鸟的陈述

我来到这儿

作为某种你眼里无善意的象征来临

我只是为了看看这个和我一样悲伤的世界

我站在此处

沉静凝望着你的欢乐

我的脚下抓住那些掉落的嘶鸣

悲剧的广场只剩下最后一粒沙

你站在那儿像一个被篡改的符号

而我看到

我经历了这么多

我听到空旷的风的呼号

午夜的冰凉钟声

和那些纯粹的哭泣

我看到高耸于云端的十字架

和被轧烂的动物身体

我看到那些花儿于枯风里的对抗和厮守

我依旧望着

直到我慢慢地看不清你

我来到这个悲伤的世界

看到了变得悲伤的你

我默默等着天空的暗示

当我连同黝黑的身体腾跃而起时

天空都将再次晃动低沉

花圈店

盛夏浓郁的树影

铺在坡道上那家花圈店上

安静里的幽凉

芜杂，纷乱，斑斓

进入影中

瞬息消匿

一眼望去

花圈摆满浅浅的店

茫茫一片

清瘦的店主人

一对老年夫妇

手里编着花圈

他们无语

每天早上

他们平静撕去

墙上一页页素洁的日历

雪白的墙一天天薄下来

每一天

有人

一个接一个

去向

这处尘世微渺的窗

他们

从这个小店

——安静如废弃的站台

取回一个又一个花圈

店主人平静而认真

一次次把编好的花圈

奖赏给一位位曾活过的人

静止与等待

钟停了
像那些泪凝住
四周不再有声息

缸里的鱼沉入沙砾
墙壁上相片里的人拉住了时光
把属于这个夜晚的影
一丝丝熄灭
变成了屋顶的星星和雨
变成拖鞋旁的尘

它们全都静止
在静止中放弃了等待
就像全世界已经放弃了等待

把窗帘拉上听这最终的静默
听风在赤条条的大地上坠落
听心底飘向大地的那无法遏制的凄惶与忧伤

口罩

晚风如口罩

抚扣着这列公交车落下的寥落

车走走停停

犹疑惶惑

望不到

走失的主人

夜色也戴着口罩

拖拖沓沓像一把钝锈的刀

切割着没有归依的脚印

疲惫，懒怠，毫无惊奇

像极了望过来的日子

一个戴口罩的女子

坐在细细绵绵轻浅的哭里

车戴着口罩穿过

商厦热卖场

打架叫骂的人群

甜蜜的吻

杯盏中的光

车沉默着兀自向前
义无反顾碾过
那散落的光亮和狼藉

列车开往敦煌

渺茫天空下蜿蜒的行进
这样描摹出历史多么轻巧支离
荒芜就在眼前
列车只是一条爬行的虫子

时间和距离变成虚妄的凸现
我与列车的影子平行移动
贞洁的意境似易碎的梦
夜幕下列车里的我
虚构着呼喊

风吹落荒野里的一枚野花
伤害仅是轻而易举
历史飘荡的尘埃下
是成群的蚂蚁
睁不开眼的夕阳中
列车悄悄消匿

透明的黄山上洒着血一样的光

无法相信这竟是另一种真实

车窗下抓不住一缕影像

就像我多年前一次止不住的哭泣

楼上的乐声

楼上那乐声又飘浮

一日连着一日

重复，冗长

时间撕扯着

仿佛寓言无法解答

阴雨，夕照，或明媚柔光

乐声如出一辙

我成为一个暗贼

偷走了这每天如一的时光

远望下的街市

愈发模糊

斑驳掉色胜似人间

晚钟下的杂草

激斗在纠缠中

无心听取

日复一日的鸣响

四季轮转

人间变换着景致

我在楼上的乐声里

过完一生

路

这条路上
我经历了那么多
我看见了那么多。
我看见过一个夜晚的崎岖
我看见过一朵云的泥泞。
我看见过天边霞光里掩映的悲凉
我看见过高楼下练习滑翔的雨燕。
我看见过滂沱热情的暴雨
我看见过猝不及防的闪电
我看见过一片叶子飘落的每一个瞬间
我看见过那些不知所终的尘埃。
我看见过一个人的饮泣与窃喜
我看见过恋人之间的甜蜜与龌龊。
我看见过光的熄灭
我看见过那些起死回生的烛火。

这条路上
我看见了那么多
我经历了那么多。

我看见了你
我看见了我。
我忘却了我
我实现了我。

路过的乡镇理发室

每当我头发疯长的时刻
我都怀想起路过的乡镇理发室
我听见其中窸窸窣窣的声音
老迈的发丝与失去耐心的时间
席地相拥而坐
一只归来的飞鸟
惊觉地望着我

无灯的室内
理发师面目犹疑
像一簇幽暗没有着落的往事
站在我身前
理发剪咔咔张着贪婪的嘴巴
咬着岁月的空洞
望不见的手
抚弄着我的头颅
惶恐，怨愤，悲楚
发丝般落入黑漆漆的虚无
漫溢的沉默里是怎样一种怜悯？

乡镇的泥路摇摇晃晃

时光明暗恍惚

落荒者无路可走

野草遍布的山丘

小心捂住它们低回的哭

我仰起理过发的头颅

穿过一丝丝荒凉的风

想象着自己又一次进入人间。

生日前夜

经年之后

我才明白

什么是时间

什么是回忆

黑夜里开出白色的花朵

厚厚的窗帘后

是我一生也撑不开的幽暗

在我生的日子里

我想到的是死

在我苟活的时光中

我只怀念我死去的奶奶

今夜的火焰

点亮空泛的枝头

喘息不止的钟声

捞不起沉落在下水道里的牙齿

趁着这个黎明来临的时候

我想该让自己爱上些什么

就像握紧一枚穿透悲伤的钥匙

呓语靠孤独和爱活到今天

黑暗中的哭泣和爱

掩埋在瞳孔的深渊

我站在浴室镜子前

猜度着明天阳光

绕过我鼻梁和脖子时的样子

锋利的剃刀

我轻柔地握在手中

谁家的婴孩哭声乍起

丝丝胡须

在局促的灯光里

惶然下落

四岁孩子的伤

生活对于他太过简单
就像他只是日子的一阵清风
以至他不能停止欢跑与吹拂
他顶着头上被撞后瘀血的包
笑盈盈望着我
如同又一次游戏中不变的胜利者
我急切焦虑不停描述着危险的内涵
以为自己端正的坐姿
可以加深某种凝重的仪式感
他浅笑不语兀自看着动漫
似听非听
而我依旧喋喋不休
可我却不能告诉他
那些危机一定会来到他身边
我只能告诉他花儿正香风景耐看
他并不看得出这个向他许诺的眼前人
早已内心伤痕斑斑
那些危险的遗迹早已流布在我的全身
而我每次只能在他面前表现出面目的悠扬明亮

我必须给他指着太阳

诉说光明

很多年之后

那些潜伏的危险环绕他时

不知我站在何方

不知他浅笑几何

那看过的动漫

他还记得多少

算命者

算命者卧于车站天桥
酷热里依旧裹着长衫
破旧，汗馊
他的齿尖发出令我焦虑的声音
嘴唇嚅动像是有什么
在一点点被他嚼碎

"算个命吧。"
他叫住我
他并不知道
我早已放弃了与命运较量
我早已归顺了命运

一个周末日落之前
一个毫无新奇的时光里
一个属于黄昏时间的对视中
一个早已被命运
掐紧咽喉的人
听一个算命为生的潦倒者

用诡谲的故事
装饰他空茫的一生

斜阳下
火车站晚钟阵阵轰鸣
惊飞的鸟一只只远渡
我们一样苍白的脸上
流落着相似的荒凉的笑

停止

空旷的操场
一只皮球
干瘪在阳光里
羞答答
一个陌生的影子
听从自己的沉默

人潮涌动
穿透时间
行走，交谈
多么具有生活的道理
一首诗需要吟咏
两分钟足够
钢笔被墨水泡锈
先要修复
是否还有时间？

人群散尽
声息退去

远方如幼儿躲进夜的怀

只有一只干瘪的皮球

在深长的夜里

在风的不安中

自由运动

弯腰的桥

这座桥把腰深深弯下
驮起一个城市的尖叫与惶恐
撕下的旧日历匍匐在桥上没了面目的石砖上
倒影沉在一口已深透的丧失一切的井中

我一次次攀上与滑下
描摹着那些虚晃而过毫无指望的时间指针
桥下飞驰的汽车像河流里冒出的气泡
带着忠实的忧伤凝结在风凄厉的放逐中

我在这桥上揣度过不高尚的事
也在这桥上吐露过口舌间的肮脏
我在这桥上看过星月的神秘和光芒
也在桥上看到有人像石子一样坠落开出一朵花

我看见弯腰的桥下飞扬着尘埃
我学着在桥上弯腰
望到了散落遍野的未完成
桥弯着腰载上芜杂的人丛和声息，每日每夜
沉默着在城市中等待成为一处暗礁

万象

不识彼岸的光线匍匐在
爬满青苔的脸上
万象一望无尽
前路寂然无声
就像谁人隐身其中

月光落满枯涩斜巷
猝然有婴儿的啼哭飞落

我的理想

"我要当工程师"，"我要研究星星"

"我要教其他小朋友画画"……

这些四五岁的孩子轮流向我诉说他们的理想

他们目光虔诚

言辞热切

他们一个个围住我

像瞬息将我围在多年前的某个午后

在一间阳光漫漫的教室里我在黑板上

写下的理想

今天同样是一片跌宕的阳光，并且燥热

我极力躲闪着这些萌动的眼

害怕他们发觉了我无法掩藏的尴尬和惶恐

害怕我藏了半生的满身谎言

在孩子们眼前

四散飞扬

害怕我孤零零的羞耻

站在多年前写上理想的黑板上

孩子们一张张倔强认真的脸

却似乎是对我今生的求证

我以一个打皱了的成人模样站在他们之中

我一个个拥抱他们

我不忍心告诉他们

我的今天从何而来

不敢告诉他们

我曾经的理想

我一遍遍祝福着孩子

并且还要堆上满脸的喜悦。

在虚度的时光里爱过你

你在我虚度过的时光里
那时我是我
在某个街巷，
在某个山乡，
在某个孤立的小镇
在某个遗世的村落
我们像尘埃飘零
然后落到草的露珠上
除了深深地爱
我们不知所措

那是我唯一虚度的时光
那时是我唯一是我的时光
那时我不关心大海和星辰
那时你
除了说要和我在一起之外
什么都没说
那时我
除了爱你之外
什么都没做

消失的主人

帽檐压得低低的中年男人
把手里的球抛向空中
掷向远方
男人身边的狗冲出去
未知的追寻成为这只狗
此时的命运
它吠着坚定地向球跑去
就像是决心狠狠咬上
命运一口
为自己
也为自己的主人
球在空中飘摇与跌落
狗不停地叫
球坠落一次
狗就叫一声

很多天以后
一个洁净清凉的午后
男人攀到楼顶

把自己变成他抛的那个球
跳进狗拼力去咬的命运

几天后
一个中年女人带着这只狗
穿行在小区
消失主人的妻子
学着男人的动作
一次次把球抛向空中
狗像之前一样
毫不犹豫
扑向即将坠地的球

鞋

一双皮靴

一双跑步鞋

温暖的粉

跳跃的黄

日本货

德国牌子

导购女士在你面前

说个不停

像你经历过的汩汩不息

而了无生趣的日子

一头将死的牛

褪下凋敝的皮

通过昏黄阴暗溽热的生产车间

穿过朽黑断断续续喑哑的传送带

带着它们听过的呼喊与破碎声音

实现一次成为鞋的伪装

你终于决定买下眼前的鞋

你挑着由脚决定的尺码

你优雅伸脚入鞋

就像你踏入又一个围困的穴

你脚步轻快地走出商厦

毫无新奇的时光如漩涡而噬

你脚下的尺码

是你在这个世上全部的面积

影迹

废纸上未完成的画
涂抹着碎屑般的冬晨影迹
忧伤的花朵
还坐在雾凇肩头
比隆冬更冷更静地凝望
永不放手的时间

破碎的夕光
汇成一缕缕断断续续的沉香
记忆是一座古墓
刀锋陷落在最后的倦意里
被淘洗的天空里
只剩下思念的重山
在四季里我获得的认知
不会比一只浪迹枝叶中
的麻雀更多

有个早上

早上
我见识到的那些行色匆匆像天上落下的粉尘
我还听到
这个城市隐遁起来的孤独
像蜘蛛囚住自己
我见到一个中年男性盲者
手搭住
另一个无表情的中年男人
在等公交车

小区里工人在剪枝
一棵斑驳的老树枝丫震颤，枯叶零落
像苍天某一瞬间闪现的脆弱漏洞
在转瞬中
露出了这摇晃趔趄的人间

又闻钟声

少年的林荫

中年的风霜

还有

那些沉落的比夜更深更寂的月光

一切

都深陷于远处古塔的晚钟声

有人从未到来

有人从未告别

在同一片

碧蓝安静的天空下

又闻钟声

檐角的风铃已老迈

山野的襟怀

有一场雪的慈悲

回归土地的落叶

打着时光的补丁

指针一滴一滴洒下

我对生活的耐心

日光悠扬

黄昏来得并不突然

在受伤的青藤边

有人吹响口琴

雨衣

罡风在雨中破碎的时候

套上那件安静的雨衣

像一场壮烈却不假思索的逃离

一地阴凉袭来

步步紧逼的寒湿

那些幽凉的草木心事重重

雨衣套住幻境般的身躯

构成一次更美妙的虚饰

碰落的茶水

散为一地烟雨

苍老的夜

如纸般一触即化

钻出雨衣

脱下满身的凄清

将那包裹灵肉粗糙乏味气息的雨衣

悬于阳台之外

又一个犹疑陌生的夜扑面袭来

雨衣上尚未流干的水珠

滴答不绝

犹如又一场躲闪不了的雨

再买一次百合花

百合
最美的是它的名字
一想到它的名字
就仿佛刺穿满眼的
似是而非

冬夜的过街天桥
卖花人面目如雕塑
两朵百合
还树立着未了的爱
灰烬滴落在声色全无的
夜里
这是最好的归依

我再一次买下百合花
买下明知的似是而非
疼痛与秘密
是命中劳作之外的收成
我所抵达的幽暗
就在眼前百合花瓣的白中

在你身前

来到你面前

我终于将自己放下，

平躺，舒展，

像往事坠落天涯

吉他音符

时光列车里颠簸踉跄

局促却执拗

哑然的歌

还在一场冬雪里

没有醒来

我嵌入你的发丝，

如一枚在泪与火里

脱胎而出的发卡

我在你面前弯曲

滴水不漏，无懈可击

首尾相扣

如一朵浪花

涌入你的眼

月钩无尘

大地清宁
无人可懂

此刻，
藤蔓已攀满两岸
月光将出未露
来到你身前
是我
以及
天边飘下的
那颗最瘦的星子

在幼儿园

离开幼儿园已经太久
忘记了自己在幼儿园里的笑和闹
那样的回忆
比写一首令自己满足的爱情诗歌
还要艰难
以及不可想象

在幼儿园
孩子们舞动着手臂
我望着孩子们
但悄悄藏在角落里
随着他们一起摇晃着自己
沉浮于世
身无长物
半世的虚假皮囊
却依旧靠着盗取孩子们的光阴
赢得可怜的点滴快慰

那个带领孩子们的老师

有着我喜欢的晨曦一般的笑

一众孩子隔着我们

像云泥之别的恍若隔世。

针线鞋

一针一线游走于鞋子

穿行的光阴

战栗中的耻与屈辱

再也喊不出的怀念

不会醒来的隐秘

针针线线

埋下世间的开始与落幕

岁月浮起来的全部记叙

沉静安放中无言

我坐在一位做婴儿鞋子的老人身旁

我们一起等到了

天色暗下来

致我

雏菊的静在等一个人
风铃旋绕的声在等一个人
青草成荫的深幽在等一个人
醒来露水的闪亮在等一个人

我从远山而归
斑驳沉郁
像落在冬日的灰雀
可你还是从我眸中望见了
天空的碧蓝

种子

城市里密布的橱窗

是时光刺入的无序针孔

一动不动的塑料模特

站立

如酒瓶被剥去盖

仿若镜像

真相来临

万象惶恐

种子心怀倦意

深埋泥土

沉默永世

梦见

远方某个春天

在一棵同样沉默的树上枝头

开出一朵枣红色的小花

坠落的夕阳

每个黄昏我都在看夕阳

像一个痴迷的傻瓜

夕阳越来越像故乡的浮土

浸染了惊心的红和黄

在我眼里越来越坚硬

它一天天坠落

谁都没有发现

这个最后的真实

直到今天这个黄昏

它真正穿透淹没了我。

黑暗一点点回到地面

树叶发出空洞的尖叫

如同噩梦睁开眼睛

黎明将为人世带来真正的血

我的脚步在一点一点坠落的夕阳里干枯，破裂

夕阳伸出最后的罗网

抓起整个世界

填满铁锈和野草的山地被夕阳一点一点掘开

一扇扇黑黝黝的窗子像一个个冰凉的枪口

它们和你衰老的睫毛一起闪动。

世界越来越开阔浩瀚

夜晚越来越黑暗深邃

像母亲敞开着温柔的怀抱。

后记

时光的臣民

方磊

一些事情结束了，一些事情开始了。时光交错而过，世尘忽忽匆促。合上手中修订的诗集，望向窗外，世事依旧。

《世事依旧》是我写作生涯中第一本公开出版的诗集，然而我实在不想在"第一本"这些字眼上渲染和抒情，我只是希望我的作品能够在羞怯中，表现出对这颗文学桂冠上熠熠生光的珍珠足够的敬畏，配得上它万分之一的光辉。

生命波澜里那些飞溅的魂魄动荡，在流年里以如今电脑屏幕上粒粒文字的映射，记刻在我眼前，仿佛我又活过一次，激荡、澎湃、惶然、怅惘、萧瑟、安然、沉静地再次活过。

在心灵沉潜于诗集《世事依旧》的时光里，我以为自己被时光浸润、雕琢，历经蚀骨的锤炼、锻造，我已足够沧桑。我以为自己看清了世间的很多底细，

其实我只是站在原地，只是被时光点点滴滴、<u>丝丝缕</u>
<u>缕</u>地漫过，真正看清世间底细的只有时光。我浮游于
时光汪洋，抓住闪耀着烛火般光焰的筏子，那光亮摇
曳颤抖，但经久不息。这被我抓住的筏子便是文学，
那耀眼的光便是诗歌。

　　《世事依旧》中的四辑题目依次为："日历""世
事依旧""用一颗石子在一座城市里写字""在虚度
的时光里爱过你"。而每个题目本身就是诗集中一首
诗歌的题目，这样编排原本是无心之举，然而现今我
突然发现了某种诗与心灵潜隐的脉络：这四辑的名字
在顺序上仿若有一种充盈深意的逻辑关系，由远及近，
从世界到个人，从空茫到切近的爱。这样一种看似无
意的编排是否意味着诗歌终究要从辽远气象流向心灵
的幽微之爱？具体细致如尘埃的爱与慈悲是否就是诗
歌的家园归依与抵达？但我知晓，诗人首先是善良之
人，是心怀孤独与爱的慈悲者。我可以确证的是，我
从这些诗歌的写作中领受到云的飘游、山巅的风声，
嗅到原野和丛林幽微的青草味，望见似熹微晨光般柔
和的光华、浸染着暧昧霞光的晨昏。在这些诗作中，
我试探着理解天地之道，我尝试在这些文字中跳脱出
关乎心灵城邦的局限。我想这些诗作宛若清风微拂的
岑寂夜晚里那令人依恋的一抹抹月色，安然平和地擦
亮我和我的旅途，当我望向它们的时候，它们亦始终

望着我。但愿我可以在这些文字之间抛却一些内容，但永远不会是内心的良知、恳切与自由。那些关涉心灵的真实，但愿可以多一些留驻在这并不工于修辞却灵魂勃发的诗作里，当写诗的人不欺骗自己的内心时他才有了成为一个诗人的可能，才可能窥见诗歌桂冠上珍珠的璀璨。

坦白地说，我并不能肯定这本新诗集拥有理性上的深刻，以及美学意义上的新颖，我祈愿这些文字能生发出触及灵魂的呼喊、痛感与悲欣。写作诗歌足以令一个人拥有爱的能力，拥有悲伤的能力，这是诗歌带给人的大幸运之一。但我相信诗歌最值得向往的境界是超越爱与悲伤，尽管现在的我似乎难以企及。然而，这并不让我怀疑一个真正可以与诗歌共生的人，是有持久省察自觉的。

我愿意将《世事依旧》中的诗作视为2017—2019年命运献给我的时光礼物。作为时光的臣民，这是我收到的最真诚的奖赏，它们犹如常青的绿植葳蕤在我的心灵花园。跟以前相比，2017—2019年我内心遭逢动荡，而《世事依旧》中很大一部分作品也恰是在这三年内完成的。在此时光中，它们陪伴我、眷念我、爱惜我、珍视我，我们在生命的颠簸跌宕中共存，它们是我至真生命体验生成的琥珀，它们使我深悟生命的真实与强烈，它们使我的生命有了珍贵的可能，它们是我的心魂之迹，灵动、活跃、旺盛、丰沛、炽热与经久。当我爱它们的时候，我能感觉到它们更爱我。

当我修订完《世事依旧》中收入的所有诗作时，仿佛更能进入"世事依旧"之内。这四个字笔画的起承转合最终令我想到的是万流入海之后的平缓与舒展，是万象斑斓过后的色泽消融归于黑白，是人间四季冷暖交替的恒久，是花开叶败循环的定局，是气象变幻风云莫测的天穹对日夜交错的坦荡，是大地像母亲迎接儿女般对长夜降临的接纳。

2019年冬季，我在东南亚清迈小城闲居多日，不外出的时候我就在居所里写作。我住的公寓临近当地机场，白昼连同长夜中会有数十次飞机从我屋顶的空中呼啸而去，那如同海潮骤起发出的雷霆之音，起初令我惶恐、心悸，声响暴烈就如同有千钧炮弹向我迅疾俯冲而来。随着时间的推移，这每日每夜必定劈面袭来的轰响不再让我犹疑、躲闪以及暂停当时的行为，我习惯了那样一种必然到来的声响、状态，并从其中听到了某种由天向地淋漓倾泻的翻涌、壮烈、悲悯，像是天与地拥抱时的耳语或饮泣。现在想来，其实更令我对这发聩巨响逐渐适应的是这雷霆之音过后，悠然浮起的大地上的空茫与清宁。比起撕扯过天地的暴烈声响，之后那样漠然的寂寥令我感受到了一种更盛

大的能量，是源自天籁的启示，也是大地无法抑制的
怜悯，而这寂然总会使我更愿意去聆听身处的尘间。

　　如果说诗歌是河流，那么生活就是河床，而世间
的真理、心灵的真实就是水。无论如何千回百转、纷
繁缭绕，水都终归牵引着河流奔向自由、自足、辽远、
宏阔的大海。

　　生活塑造着我，而被命运操弄的我又塑造着我在
其中摸爬滚打过的生活。似乎，一切都在深谋远虑之
中，那些改变的，那些不变的，都在其中，静悄悄的。
时光荏苒。

　　我只愿诗集《世事依旧》仿若一面心湖，澄澈安
然平静，足以照见一个没有虚饰、毫不夺目、毫不完美、
斑驳但足够清晰真实的自我。内心真实才将获得性灵
的自由与坦然，这是诗歌赐予的，亦是文学照耀心灵
的光彩。

　　一些事情早已开始，到现在远未结束。写作如此，
诗歌如此。生活如此，命运如此。人世可指望之物事
其实渺茫空泛，文学依旧令我领悟到，清寒的生命旅
程中爱之热忱，以及生生不息。我确信，心灵不死，
就有虚妄中的意义。

　　惟愿此诗集是时光中吹拂我的一缕清风，我是
时光无名的臣民，心怀悲悯与爱，真切地飘浮于时
光的胸怀。

　　时光中，我，活着，像一粒生动的尘埃。